La femme qui en savait trop

GUY DES CARS

L'OFFICIER SANS NOM	J'ai lu 331/3*
L'IMPURE	J'ai lu 173/4*
LA DEMOISELLE D'OPÉRA	J'ai lu 246/3*
LA DAME DU CIRQUE	J'ai lu 295/2*
LE CHÂTEAU DE LA JUIVE	J'ai lu 97/4*
LA BRUTE	J'ai lu 47/3*
LA CORRUPTRICE	J'ai lu 229/3*
LES FILLES DE JOIE	J'ai lu 265/3*
LA TRICHEUSE	J'ai lu 125/3*
AMOUR DE MA VIE	J'ai lu 516/3*
L'AMOUR S'EN VA-T-EN GUERRE	J'ai lu 765/2*
CETTE ÉTRANGE TENDRESSE	J'ai lu 303/3*
LA MAUDITE	J'ai lu 361/3*
LA CATHÉDRALE DE HAINE	J'ai lu 322/3*
LES REINES DE CŒUR	J'ai lu 1783/3*
LE BOULEVARD DES ILLUSIONS	J'ai lu 1710/3*
LES SEPT FEMMES	J'ai lu 347/4*
LE GRAND MONDE-1	J'ai lu 447/4*
LE GRAND MONDE-2	J'ai lu 448/4*
SANG D'AFRIQUE	J'ai lu 2291/5*
DE CAPE ET DE PLUME-1	J'ai lu 926/3*
DE CAPE ET DE PLUME-2	J'ai lu 927/3*
LE FAUSSAIRE	
(DE TOUTES LES COULEURS)	J'ai lu 548/4*
L'HABITUDE D'AMOUR	J'ai lu 376/3*
LA VIE SECRÈTE DE DOROTHÉE GINDT	J'ai lu 1236/2*
LA RÉVOLTÉE	J'ai lu 492/4*
LA VIPÈRE	J'ai lu 615/4*
LE TRAIN DU PÈRE NOËL	
L'ENTREMETTEUSE	J'ai lu 639/4*
UNE CERTAINE DAME	J'ai lu 696/5*
L'INSOLENCE DE SA BEAUTÉ	J'ai lu 736/3*
LE DONNEUR	J'ai lu 809/2*
J'OSE	J'ai lu 858/2*
LE CHÂTEAU DU CLOWN	J'ai lu 1357/4*
LA JUSTICIÈRE	J'ai lu 1163/2*
LE MAGE ET LA BOULE DE CRISTAL	J'ai lu 841/1*
LE MAGE ET LE PENDULE	J'ai lu 990/1*
LE MAGE ET LES LIGNES DE LA MAIN	
... ET LA BONNE AVENTURE	
... ET LA GRAPHOLOGIE	J'ai lu 1094/4*
LA FEMME QUI EN SAVAIT TROP	J'ai lu 1293/3*
LA COUPABLE	J'ai lu 1880/3*
LA FEMME SANS FRONTIÈRES	J'ai lu 1518/3*
LA VENGERESSE	J'ai lu 2253/3*
LE FAISEUR DE MORTS	J'ai lu 2063/3*
JE T'AIMERAI ÉTERNELLEMENT	
L'ENVOÛTEUSE	J'ai lu 2016/5*
LA MÈRE PORTEUSE	
L'HOMME AU DOUBLE VISAGE	
LE CRIME DE MATHILDE	J'ai lu 2375/4*
LA FEMME-OBJET	
LA VOLEUSE	J'ai lu 2660/4*

Guy des Cars

La femme qui en savait trop

éditions J'ai lu

© Guy des Cars, 1979

LA VISITEUSE

L'affaire est prospère. Il n'a pas fallu tellement d'années pour qu'elle prenne son rythme et assure à sa fondatrice l'indépendance financière sans laquelle la liberté d'esprit n'est pas toujours facile à trouver. Peut-être plus encore que par la publicité faite dans des journaux spécialisés et qui est indispensable pour maintenir le courant de clientèle, le bouche à oreille a solidement établi la réputation de *Madame Nadia*... En réalité si le prénom est bien le sien, l'appellation Madame n'est pas exacte puisque Nadia n'est pas mariée. Et pourtant Dieu sait si elle est ravissante – et même captivante! – avec toute la rousseur soigneusement entretenue de ses cheveux, encadrant un visage ovale dont la bouche bien dessinée semble ne connaître que le sourire et dont le nez à l'arête rectiligne ne pourrait jamais être réalisé par un magicien de la chirurgie esthétique. Les yeux sont immenses et lumineux, passant alternativement du vert au gris selon les heures du jour et de la nuit et même selon les reflets du monde qu'ils observent. N'étant ni trop grande ni trop petite, possédant des attaches fines, des jambes bien plantées et des formes harmonieuses, *Madame Nadia* est, de loin, l'une des plus jolies voyantes que l'on ait vues à Paris depuis longtemps. Et, ce qui ajoute encore au charme, elle est intelligente.

C'est là où la liberté d'esprit entre en jeu : un esprit délié et à la compréhension vive qui lui permet d'exercer sa profession avec une réelle maîtrise. Alors qu'elle approche à peine la trentaine, sa réputation n'est plus à faire et a même dépassé les frontières. Ce qui déchaîne automatiquement la jalousie, l'envie et presque la haine de la plupart de ses rivales ou concurrents. Il n'y a pas une voyante ou un mage qui ne rêve d'égaler la célébrité de la jeune femme qui, heureusement, a la sagesse de ne pas trop se préoccuper de ce que l'on peut dire de bien ou de mal sur elle.

Elle vit dans un monde clos, très fermé, qui – à de rares exceptions près – a toujours été le sien : quand elle ne donne pas ses consultations qui occupent la plus grande partie de ses journées, elle se retrouve avec Véra.

Une femme étonnante, Véra! A soixante-seize ans, elle a tout vu, tout entendu, tout connu, sans que sa force de caractère en ait été le moins du monde émoussée. Grand-mère de Nadia, qui est son unique petite-fille et tout ce qui lui reste de famille, Véra Winowa lui a confié ces secrets intimes et mystérieux qui font très vite d'une enfant une jeune fille puis une femme non seulement capable de se défendre elle-même face aux vicissitudes de l'existence mais aussi de venir en aide à ses semblables. Une Véra encore alerte malgré son âge et qui s'occupe, dans le cabinet de consultation, de tout ce qui ennuie Nadia. C'est Véra qui dépouille le courrier, qui note les rendez-vous pris par téléphone – uniquement ceux de la clientèle attitrée et jamais ceux des nouveaux venus qui doivent se présenter au hasard et patienter dans le vestibule jusqu'à ce que leur tour d'admission dans le cabinet des confidences soit arrivé. C'est Véra aussi qui ouvre la porte aux visiteurs et qui les accueille. Avant même d'être mis en présence de Nadia, ils ont été minutieusement observés, scrutés et analysés par les petits yeux noirs, clignotant de malice, de la vieille dame aux cheveux blancs. Nadia et Véra forment une rude équipe!

A la fin d'un après-midi et à un moment où Véra, croyant qu'il n'y avait plus personne dans le vestibule, s'apprêtait à quitter son cabinet – la journée avait été exténuante : pendant huit heures d'affilée *Madame Nadia* avait donné huit consultations à raison d'une heure pour chaque client – Véra entra dans le cabinet pour annoncer qu'il y avait encore une cliente espérant être reçue.

– Pourquoi l'avoir laissée entrer? dit Nadia. Tu aurais mieux fait de lui dire que les consultations étaient terminées et qu'elle revienne demain matin à 10 heures où je l'aurais fait passer en priorité. Quelle impression fait-elle?

– Difficile à dire! Tu la jugeras mieux que moi... Elle a cependant trois qualités apparentes : elle est belle, distinguée et élégante.

– Fais-la entrer mais, après elle, c'est fini! Je n'en puis plus!

Véra avait vu juste : les trois « qualités » étaient certaines mais la beauté était froide, la distinction manquait de naturel et l'élégance semblait un peu trop recherchée. La chevelure brune, tirée et plaquée en bandeaux sur le front et les oreilles, se terminait en un lourd chignon retombant sur la nuque et qui ne manquait pas d'un certain charme désuet. Pourtant la femme était encore jeune. Nadia estima qu'elle devait avoir approximativement le même âge qu'elle. Les yeux étaient noirs, exerçant une assez étrange fascination mais dépourvus de chaleur. Eux aussi étaient froids. La voix enfin, grave, était monocorde comme si chaque mot avait été soigneusement pesé avant de sortir de la bouche dont les lèvres minces exhalaient la dureté. Une voix qui ne devait pas être souvent gaie :

– Je m'excuse, madame, de venir vous consulter aussi tard et je vous sais gré d'avoir consenti à me recevoir.

– Je ne fais que mon métier, répondit aimablement Nadia, puisque l'on vient de me dire qu'il s'agissait d'un cas urgent. Je vous écoute.

– Voilà... Depuis quelques mois déjà je suis hantée par une idée assez étrange : je ne sais pas trop pourquoi, je ressens la désagréable impression d'avoir une double personnalité. D'un côté, celle de quelqu'un qui se sent comblé par la vie, de l'autre celle d'une femme qui n'est qu'une perpétuelle insatisfaite. Je ne parviens pas à m'analyser ni à comprendre les raisons qui m'ont fait prendre conscience de cette dualité. Comme je sais que l'on ne parvient jamais à bien se connaître soi-même, j'ai pris la décision de m'adresser à un ou à une spécialiste. Pendant plusieurs semaines j'ai hésité entre un psychiatre et quelqu'un qui possède le don de voyance. J'ai opté finalement pour la deuxième solution et, après m'être renseignée, je viens m'adresser à vous dont la réputation est grande. Que pouvez-vous me dire sur moi ?

– Quelle méthode de voyance préférez-vous : le marc de café ? la boule de cristal ? les tarots ou les cartes normales ?

— Je pense que les cartes normales se révéleront peut-être plus claires pour moi... Je ne suis qu'une profane et si je vous confiais que c'est la première fois de ma vie que je consulte une voyante, me croiriez-vous?

— Pourquoi pas? Maintenant je vais vous demander quelques minutes de silence.

Après avoir battu le jeu de cartes avec cette dextérité et cette élégance du geste que seuls connaissent les vrais professionnels, Nadia demanda de sa voix toujours douce et calme :

— Si vous voulez bien avoir l'obligeance de couper? Merci.

Après avoir étalé le jeu elle commença à retourner les cartes une par une, sans hâte, en prenant tout son temps pour les examiner. La visiteuse, impassible, la regardait faire sans qu'il y eût dans son regard glacial ni curiosité ni méfiance. Les « quelques minutes » demandées parurent pourtant longues dans le silence ouaté du cabinet. Penchée sur le jeu, la voyante donnait l'impression d'être assez perplexe... Enfin elle releva la tête pour dire en regardant la cliente droit dans les yeux :

— Il est certain que votre existence n'est pas tellement simple. Cela vient de ce que vous avez une double vie.

— A quoi voyez-vous ça?

— Peu importe. Ce qui compte est que ce soit vrai. Mais cette double vie n'existe que parce que vous l'avez bien voulue sans dire pour autant que vous vous y complaisez. On a même l'impression qu'elle vous pèse et cela expliquerait que vous ne pouvez plus supporter cette dualité qu'elle a fait naître en vous et qui vous est devenue insupportable. Les traits dominants de votre caractère, qui peuvent sûrement se modifier sous des influences extérieures, ne sont pas à première vue très sympathiques. Ne m'en veuillez pas d'être aussi franche mais, telle que je commence à vous découvrir, vous ne me paraissez pas être une femme à redouter qu'on lui dise ses vérités. Et je suis convaincue que vous ne seriez pas venue me trouver si j'avais la réputation de ne pas tout dire.

— C'est exact. Continuez, je vous en prie.

— Donc les traits essentiels de ce caractère sont un égoïsme forcené s'appuyant sur une ambition sans limites. Notez bien que l'ambition peut se révéler être une très grande qualité chez une femme intelligente. Car vous êtes intelligente, très intelligente même... Une intelligence pour qui tous les moyens sont bons, à condition qu'ils vous apportent ce que vous estimez être la réussite.

— Ce que vous dites là ne me gêne pas et ne me surprend pas non plus. Oui, je veux réussir! Ai-je tort? Quelle est la femme qui ne rêve pas d'arriver à quelque chose, que ce soit sur le plan sentimental ou sur le plan matériel? Sur ce second plan, il semble que vous-même, la célèbre *Madame Nadia* dont tout le monde parle, ne vous êtes pas trop mal débrouillée? Alors pourquoi ces reproches?

— Je ne vous reproche rien, madame. Je constate simplement. Ma clientèle fait ce qu'elle veut : ça ne me regarde pas. Mon rôle s'est toujours strictement limité à essayer de voir ce qui se passe ou peut se passer dans l'existence de ceux qui viennent me trouver et ceci, uniquement pour leur venir en aide. Comment pourrais-je y parvenir si je ne tenais pas compte des tendances du caractère de chacun?

Après une courte hésitation, la visiteuse reconnut :

– Sans doute avez-vous raison mais il faut me comprendre : ma plus grande, ma seule véritable préoccupation est de savoir si j'aurai le courage d'assurer mon propre bonheur et ceci à n'importe quel prix... Pouvez-vous me le dire?

Nadia ne répondit pas et se pencha à nouveau dans la contemplation des cartes étalées. L'attente parut encore plus interminable que la précédente. Finalement la visiteuse demanda sur un ton où l'exaspération semblait avoir pris le pas sur le calme :

– Mais... que voyez-vous donc dans ce jeu?

– Plus rien! répondit simplement Nadia en relevant la tête.

– Comment plus rien? Tout ce que vous avez pu me dire est que je suis égoïste, ambitieuse et intelligente. Et la sensualité, par exemple? Suis-je sensuelle?

– Je ne le pense pas.

– Vraiment? Ce n'est pas ce que disent tous ceux qui m'entourent! Et amoureuse? Selon vous je ne suis peut-être pas non plus capable d'aimer?

– Je vous répète, madame, que je ne vois plus rien vous concernant.

– Vous vous moquez de moi?

– Je ne me suis jamais moquée de personne. Pourquoi commencerais-je par vous? Sachez qu'il m'arrive parfois – c'est assez rare, je l'avoue, mais cela arrive – que mon esprit se brouille brusquement, comme c'est le cas ce soir, en plein milieu d'une voyance. A quoi cela tient? Je suis bien incapable de le dire et je vous certifie que ce manque subit de voyance arrive à toutes mes consœurs et à tous mes confrères. Il est vrai aussi que j'ai eu beaucoup de consultations aujourd'hui :

attribuons-le, si vous le permettez, à la fatigue. J'aurais mieux fait de ne pas vous recevoir ce soir mais, comme vous avez insisté, je n'ai pas voulu me dérober. Même si je remettais tout en question en tirant une nouvelle fois les cartes, ce serait la même chose. Il vaut donc mieux ne pas insister : revenez une autre fois... demain matin ou en début d'après-midi si cela vous convient? Je vous recevrai. Bien entendu, il n'est pas question de vous demander d'honoraires pour cette consultation manquée.

— Combien prenez-vous par consultation?

— Cela dépend de la durée. Mes tarifs sont fixés depuis longtemps : cent francs pour la demi-heure, deux cents pour l'heure. Je crois n'avoir plus rien à vous dire aujourd'hui.

Elle avait déjà rangé le jeu de cartes dans un tiroir du bureau.

— J'avoue être assez déçue après tout ce que l'on m'a dit de la célèbre *Madame Nadia*!

— Je vous comprends très bien. Ce sera pour une autre fois, à moins que vous ne préfériez vous adresser à un autre cabinet? Etant donné ce qui vient de se passer ce serait normal.

Elle s'était levée. La visiteuse fut contrainte d'en faire autant.

— Au revoir, madame, dit Nadia. Et pardonnez-moi de n'avoir pas pu vous donner satisfaction. Je suis navrée.

— Pas tant que moi! Je ne pense pas revenir vous voir. Au revoir, madame.

Quand la porte donnant sur le palier se fut refermée, créant une séparation entre la visiteuse et elle, Nadia éprouva une nette impression de soulagement. Elle se sentait débarrassée d'une présence qui lui avait été insupportable dès la première seconde où la cliente était entrée dans le cabinet. Ce qu'elle n'avait pas pu lui avouer, quand elle lui avait expliqué que brusquement son cerveau ne voyait plus rien dans les cartes, était la véritable raison pour laquelle elle avait préféré mettre fin le plus rapidement possible à la consultation : cette allergie violente et insurmontable qu'elle ressentait à son égard. Dans les cartes aussi elle avait vu des choses assez effrayantes. Sans aucun doute possible cette femme cachait sous son masque de beauté froide une âme assez inquiétante.

– Déjà partie? demanda Véra.
– Oui.
– Qu'avait-elle de si urgent à te demander?
– A vrai dire, je n'en sais trop rien. C'est pourquoi je ne lui ai pratiquement rien dit et même pas fait payer la consultation.
– Tu as eu tort. La première règle de ta profession est d'exiger une rémunération de tout client qui te dérange. Tes minutes sont précieuses, chérie! Elles valent de l'or.
– Je préférerais ne plus exercer plutôt que de recevoir de l'argent d'une femme pareille!
– Qu'est-ce qui te prend? Je te trouve bizarre. Tu as le visage bouleversé. Elle t'a dit quelque chose qui t'a contrariée?
– Je te répète que je ne sais même pas pourquoi elle est venue ici. C'est peut-être cela qui m'inquiète! J'ai eu l'impression qu'elle était là plus pour voir comment j'étais faite que pour écouter ce que je révélerais. Ce que je vais te dire va sans doute te paraître assez stupide, mais elle serait de la police que ça ne m'étonnerait pas!
– Pourquoi la police? Tu n'as commis aucun délit, alors! De plus elle est beaucoup trop élégante

pour appartenir à la police! Et si c'était une concurrente, une voyante que tu ne connais pas et qui a voulu voir comment tu opérais parce qu'elle est jalouse de ton succès?

– C'est possible. De toute façon – ça je l'ai vu dans le jeu et compris en la voyant – c'est une femme maléfique. Je n'ai pas souvenance, depuis le temps que j'exerce, de m'être sentie aussi mal à l'aise pendant que je donnais une consultation. J'étais déjà fatiguée et elle m'a brisée. Ne parlons plus d'elle, veux-tu bien?

– Tu as raison. Si nous allions au cinéma, pour voir ce film dont on parle tant? Ça te changerait les idées?

– Je crois plutôt que je vais dormir.
– Mais il faut que tu dînes?
– Je n'ai pas faim.
– Elle t'a même coupé l'appétit?
– Je ne sais pas... A demain.

Une semaine passa pendant laquelle le rythme des consultations continua à se maintenir. *Madame Nadia* semblait avoir complètement oublié la visiteuse dont elle avait eu du mal à supporter la présence. Véra, en bonne grand-mère lucide et attentive, avait jugé préférable de ne pas reparler d'elle à sa petite-fille. C'était à nouveau le calme et voilà que brusquement, à la même heure que la semaine précédente et alors que Nadia venait de recevoir le dernier client de la journée – un colonel en retraite qui, depuis longtemps, appartenait au fonds de clientèle – Véra pénétra dans le cabinet en annonçant :

– Elle est revenue! Que dois-je faire : lui dire que

les consultations sont terminées pour aujourd'hui ou la faire attendre?

Très calme, Nadia répondit :

– Je pressentais qu'elle reviendrait : c'est une femme qui n'aime pas rester sur un échec ou une fin de non-recevoir. Je préfère l'accueillir, ne serait-ce que pour savoir exactement ce qu'elle me veut ou ce qu'elle attend de moi.

– Ne serait-il pas préférable de la renvoyer? Après tout, tu es bien libre de choisir tes clients.

– Ne dis pas cela; ce sont les clients qui me choisissent et je dois les subir, quels qu'ils soient! Fais-la entrer.

– Pourtant souviens-toi... Après son départ tu étais dans un tel état que tu n'as même pas pu dîner! Pourquoi voir cette femme si tu la sens maléfique pour toi?

– Elle ne l'est pas seulement pour moi. Elle doit l'être pour tout le monde! Mais rassure-toi : je suis en pleine forme et beaucoup moins fatiguée que l'autre jour. Je l'attends de pied ferme.

Quand elle pénétra pour la deuxième fois dans le cabinet, la visiteuse était égale à elle-même : toujours belle, toujours d'un abord glacial, toujours élégante... peut-être même encore plus élégante que la première fois. Sa voix grave et monocorde demanda :

– Ça ne vous surprend pas que je sois revenue malgré la déplorable impression que vous m'avez faite sur vos soi-disant dons de voyance exceptionnels?

– Rien ne me surprend, madame... Que désirez-vous savoir?

– Toujours la même chose : si je suis capable d'assurer enfin mon propre bonheur.

— Et ceci à n'importe quel prix? Je sais. Je dois reconnaître que vous ne manquez pas de suite dans vos idées. Mais dites-moi : si vous vous acharnez à trouver une réponse à une telle question, ce ne peut être que parce que jusqu'à présent vous n'avez pas été tellement heureuse?

— On ne peut rien vous cacher! En réalité j'ai connu une certaine forme de bonheur et je sens très bien qu'aux yeux de mon entourage immédiat et de tous ceux qui me connaissent je fais même figure de femme comblée. Seulement entre une apparence trompeuse et la réalité, il y a une sérieuse marge... Disons, si vous le voulez bien, que ce bonheur relatif ne m'a pas encore permis d'atteindre la réussite complète à laquelle j'estime avoir droit.

— Nous utilisons les cartes?

— Toujours les cartes : j'ai confiance en elles.

Le cérémonial des cartes battues, coupées par la cliente et étalées sur la table se renouvela dans le silence par gestes mécaniques de la voyante qui, après avoir commencé à retourner les premières cartes ne put s'empêcher de constater :

— C'est exactement le même jeu que la première fois.

— Vous, au moins, vous avez de la mémoire!

— Vous aussi, madame, puisque vous vous souvenez très bien des cartes qui sont sorties l'autre jour.

Un nouveau silence se fit jusqu'à ce que toutes les cartes fussent retournées. Une fois encore Nadia semblait absorbée par la contemplation du jeu mais, en réalité, elle avait déjà vu dans la disposition des cartes tout ce qu'il y avait à voir : elle n'apprendrait pas grand-chose de plus sur la véritable personnalité de la visiteuse. Et c'était justement par ce qu'elle « voyait » qu'elle se sentait à nouveau envahie par le même malaise que la première fois. Mais aujourd'hui elle était fermement décidée à lutter pour montrer à celle qui venait la défier à nouveau qu'elle était forte, très forte et qu'on ne se moquait pas d'une *Madame Nadia*... Et elle parla :

— Je ne reviendrai pas sur les traits dominants de votre caractère que je vous ai révélés l'autre jour — mais est-ce même une révélation puisque vous les connaissez aussi bien que moi? — et que je retrouve, immuables, dans le jeu... Je vois aussi, et cela devrait vous intéresser davantage, très nettement dessinées, des complications d'ordre sentimental. Dans votre jeu il y a deux hommes : un mari et un amant. Le mari est en danger : la mort le guette et rôde autour de lui.

— Vous n'insinuez tout de même pas que je pourrais être la responsable de cette mort?

— Nullement! Mais il est presque certain que, si une telle éventualité se produisait, vous n'en auriez que peu de chagrin.

— Je vous trouve bien sévère à mon égard! Dites tout de suite que vous me méprisez!

— On ne méprise que les gens sans envergure et on ne s'intéresse pas à eux. Ce qui n'est pas votre cas : vous êtes un personnage extrêmement intéressant dans son genre parce qu'il me paraît assez dangereux.

— Enfin, vous me rendez hommage! Continuez : vous commencez, vous, à me passionner. Et, en admettant même que je sois une femme aussi redoutable, voyez-vous si je connaîtrai un heureux dénouement à mon profit pour ces problèmes conjugaux?

— Pourquoi ramener toujours tout à vous?

— Comme la majorité de ceux qui viennent vous consulter, je m'intéresse d'abord à moi! Les autres passent après... N'est-ce pas un peu normal?

— Disons que c'est humain. Charité bien ordonnée...

— Pas de citations, madame la voyante! Revenons aux faits : oui ou non, serai-je gagnante en fin de compte?

— Vous devriez, en principe, réussir s'il n'y avait pas au bas de votre jeu – c'est-à-dire presque en fin de voyance – cette dame de cœur qui ne semble pas être entrée déjà dans votre vie mais qui s'y introduira d'une façon assez fortuite que je ne parviens pas à m'expliquer. Une femme qui risque d'être dangereuse, elle aussi!

— Plus que moi? Cela m'étonnerait et m'amuserait presque.

— Chacun trouve son plaisir où il le peut...

— Une rivale, en somme?

— Pas au sens précis où vous l'entendez : ce n'est pas une ambitieuse de votre trempe mais plutôt une amoureuse. Vous ne vous êtes jamais dit qu'une amoureuse sincère peut parfois se montrer plus redoutable qu'une femme ne pensant qu'à utiliser les pires moyens pour atteindre le but qu'elle s'est fixé?

— Chère madame Nadia, je reconnais que mon plus grand tort a été de sous-estimer vos possibilités. Je comprends mieux que ceux qui ont eu recours à vos services chantent vos louanges. Je ne sais pas encore si ce que vous me dites est vrai mais ça offre au moins le mérite d'être original. Lequel des deux hommes, se trouvant dans ma vie, cette dame de cœur cherchera-t-elle à me voler : le mari ou l'amant?

– Telle que cette femme se présente, ça pourrait être l'un ou l'autre... A moins que ce ne soient les deux?

– Elle est, en effet, très dangereuse! Je la connais?

– Pas encore.

– Ma tâche n'en sera que plus difficile parce que ce sera d'abord contre elle qu'il faudra que je livre bataille?

– Si vous parvenez à l'identifier avant qu'il ne soit trop tard. Ce qui n'est pas certain. Que souhaiteriez-vous savoir encore?

– C'est suffisant pour aujourd'hui. Je reviendrai. Combien vous dois-je?

– Je vous ai dit le tarif pour une demi-heure : cent francs.

– En voici le double. Si vous me dites beaucoup de choses, je vous ferai faire d'excellentes affaires!

– Oh! Vous savez : la seule chose qui importe pour moi est de donner satisfaction à ma clientèle.

– Si ce spectacle vous amuse... Vous m'intriguez, madame Nadia. A bientôt.

– Je reste à votre entière disposition.

Après le départ de celle qui se révélait comme pouvant devenir une cliente assidue, Véra réapparut :

– Comment ça s'est passé cette fois?

– Moins mal. Mais je n'aime toujours pas cette femme et n'arrive pas à m'expliquer pourquoi elle me fait peur...

– Tu sembles quand même moins fatiguée que l'autre jour?

— Je suis parvenue à dominer mes nerfs mais, quand elle a décidé de partir, j'ai éprouvé un vrai soulagement.
— Ne serait-elle pas médium?
— Il est certain qu'il émane quelque chose d'elle. Je crains, malheureusement, que ce ne soit que le mal! A aucun moment, quand on l'a en face de soi, on ne ressent une lueur de bonté.
— Crois-tu qu'elle reviendra encore?
— J'en suis certaine mais je te promets que ce sera la dernière fois!
— Que veux-tu dire?
— Je l'exécuterai moralement. Après je serai tranquille : nous ne la verrons plus.
— Deviendrais-tu mauvaise, toi aussi?
— Au contact des loups... Mais rassure-toi : chez moi ce ne sera que passager. Ça ne durera pas comme chez elle.
— N'as-tu pas remarqué, après son départ, quelque chose dans ce cabinet?
— Quoi?
— Ce parfum qu'elle a laissé et qui imprègne toute la pièce. Il saisit à la gorge.
— Tu as raison : il sent la mort. Il faut aérer rapidement! Ouvrons la fenêtre.

La visiteuse n'attendit même pas une semaine et revint deux jours plus tard, toujours mystérieuse, toujours élégante. « Voilà au moins une femme, pensa Véra, qui met son point d'honneur à être séduisante. Et elle peut l'être, à sa manière! Une femme belle et méchante plaît souvent aux hommes : elle les excite! Plus sa conquête paraît difficile et plus ça les passionne d'essayer de la posséder. Mais pour celle-ci ils se trompent tous, que ce soit le mari qui n'a pas réussi à se l'attacher, l'amant qui la convoite pour lui seul et même beaucoup d'autres. Elle est plus forte qu'eux. La seule qui l'aura – c'est écrit dans son jeu – sera une authentique amoureuse, à l'apparence souriante et tranquille, qui saura, quand le moment viendra, se transformer en tigresse pour briser l'échine de cette panthère noire. »

Et ce fut de sa voix toujours douce qu'elle demanda à la cliente :

– Que désirez-vous savoir aujourd'hui ?

La réponse fut immédiate :

– Si je serai bientôt veuve.

Pour la troisième fois le cérémonial des cartes battues, coupées, étalées et retournées se passa dans le silence. Penchée à nouveau sur le jeu, Nadia sentait peser sur elle le regard dur de la visiteuse, mais cela lui importait peu. Ce qui comptait était ce qu'elle voyait. Une voyance qui, tout de suite, lui fit peur : le genre même de vision qu'elle détestait et qui semblait répondre sans attendre à la question qui venait d'être posée. Le mot VEUVE apparaissait, écrit en lettres de sang sur du sable alors que le visage de la visiteuse, regardant l'inscription, s'irradiait d'un sourire de satisfaction comme si la femme se repaissait de sa victoire. Mais très vite le sourire se fondit en un rictus grimaçant et le corps de la femme grandit démesurément, prenant des proportions effrayantes pour se fondre en celui d'un monstre. Cela ne dura même pas une seconde. La vision s'évanouit. Malgré l'horreur, Nadia sut être assez forte pour conserver une sérénité apparente. Après avoir relevé la tête, elle fixa à son tour la visiteuse, en disant :

– J'aimerais pouvoir répondre à votre question

dans un sens qui correspondrait à vos désirs. Malheureusement, je ne vois plus rien. Il arrive parfois que les cartes restent muettes.

– Ce qui semblerait signifier que je ne pourrai jamais être veuve?

– Le contraire me surprendrait.

– Je reviendrai un jour pour vous prouver que vous vous êtes trompée et que vous ne connaissez rien à votre métier! Ma première impression sur vous était la bonne : toute votre réputation est surfaite, basée uniquement sur la publicité fracassante que vous faites dans les journaux où vous avez même le toupet d'étaler votre photographie pour aguicher la clientèle! Comme si votre visage pouvait l'intéresser! Si on vient vous consulter, ce n'est pas pour admirer votre physique mais uniquement pour écouter ce que vous dites. Malheureusement vous ne faites que mentir comme vos concurrentes! Tout ce que vous croyez m'avoir révélé, je le sais depuis longtemps puisque c'est l'essence même de ma vie.

– Vous avez au moins vérifié deux choses; je ne dis que la vérité et, quand je ne vois rien, je me tais... Et « l'autre », celle qui va presque sûrement se mettre en travers de vos projets, vous ne l'aviez pas prévue, celle-là? Pourtant elle existe! C'est elle qui vous gêne... C'est à cause d'elle seule que vous n'êtes pas satisfaite. Telle que je crois vous connaître maintenant, je suis convaincue que vous allez tout tenter pour l'empêcher de vous nuire. Seulement avec elle ce sera une tout autre histoire! Elle aussi est forte, mais, je vous le répète pour la dernière fois, pas de la même façon que vous : grâce à l'amour vrai qui est en elle et qui ne vous habitera jamais! Certes, quand un homme vous rencontre, il doit se sentir empoigné par le désir mais celui-ci se tempère vite par votre unique faute. Il cède alors la place à deux autres sentiments : le doute et l'inquiétude... Sentiments qui ne peuvent pas cohabiter avec l'amour.

– Combien vous dois-je?

– Rien cette fois. Je n'aime pas être payée par quelqu'un qui n'est pas satisfait de la consultation. Au revoir, madame.

La visiteuse partit sans dire un mot.

Véra avait reparu, inquiète :

– Qu'est-ce qui s'est passé? Tu as entendu comme elle a claqué la porte du vestibule?

– C'est une manière pour les faibles de s'esquiver : ils croient que le bruit leur donne une apparence de force.

– Pourquoi ne m'as-tu pas laissée entendre l'autre jour que cette femme pouvait être dangereuse? Comment te sens-tu?

– Beaucoup mieux. Fais entrer la cliente suivante.

– Je te préviens : elle est laide.

– Physiquement? Et son âme, qu'est-ce que tu en fais? Peut-être est-elle très belle?

– Tu es une curieuse fille, ma petite Nadia.

– Et toi la plus adorable des grands-mères! En ce qui concerne celle qui vient de partir aussi bruyamment, je peux te faire une prédiction : malgré tout ce qu'elle m'a dit, ça m'étonnerait qu'elle revienne! C'est tout ce que je souhaite.

LE PASSÉ

Une autre semaine s'écoula. La visiteuse ne revint pas et les affaires du cabinet n'en souffrirent pas pour autant. Mais Nadia se sentait lasse, n'en pouvant plus de tenter quotidiennement de libérer les autres de leurs angoisses au cours de consultations, urgentes ou pas, qui se réduisaient presque toujours à des affaires de cœur. Et ses soucis à elle, personne ne s'en préoccupait jamais à l'exception cependant de cette grand-mère avec qui elle habitait et qui, de temps en temps, se risquait à dire :

– Mais enfin, chérie, tu ne peux pas toujours vivre ainsi! Tu es encore jeune, tu es devenue belle, donc mieux que jolie, tu as du charme, tu es désirable pour un homme, tu es intelligente, en somme tu as tout! Qu'est-ce qui ne va pas? Ce n'est pas une existence pour quelqu'un de ton âge que de rester ainsi cloîtrée avec moi dans cet appartement et surtout dans ton cabinet de consultation à écouter les malheurs ou les rêves d'inconnus qui ne te sont rien et qui se moquent éperdument de savoir si toi-même tu as réussi dans ta vie privée! Je sais bien que si tu trouvais un mari qui te convienne ou même seulement un homme qui te plairait, je te

perdrais et que nous ne pourrions sans doute plus vivre l'une auprès de l'autre comme nous le faisons depuis tant d'années, mais cela n'aurait aucune importance. C'est seulement ton bonheur de jeune femme qui compte et pas ma vieillesse douillette! A soixante-dix ans passés, on est mûre pour se familiariser avec la solitude. C'est notre lot à nous les grands-mères qui avons connu la vie et surtout l'amour quand nous avions l'âge de nos petits-enfants qui ne doivent pas se sacrifier pour nous qui ne le méritons pas. Tu me connais : je n'ai rien d'une impotente, j'ai bon pied bon œil et je me débrouillerai très bien toute seule! De temps en temps tu viendrais me voir avec l'homme de ta vie et ça me suffirait. Ce serait alors une vraie joie pour moi de me dire : « Elle est aussi heureuse que je l'ai été autrefois en Russie avec son grand-père quand j'étais, moi aussi, jeune et belle. »
— N'essaie pas de m'attendrir : je ne me sens vraiment heureuse qu'avec toi seule. Je n'ai et n'aurai jamais envie d'aucun homme.
— Nadia chérie, tu mens! Ce qui n'est pas honnête pour une fille aussi franche! Si tes clients savaient que tu peux ne pas dire la vérité, tu les perdrais tous! Je sais qu'à dix-huit ans tu as été amoureuse mais les choses ne s'étant pas arrangées comme tu l'espérais, tu t'es mis dans la tête que tu ne pourrais plus jamais l'être. Pour oublier, tu t'es réfugiée dans la voyance en croyant que ton rôle serait désormais d'aider ton prochain à trouver ce bonheur qui semble t'avoir échappé. Est-ce vrai, oui ou non? Tu n'oses même pas répondre. Tu reconnaîtras aussi que je ne t'ai jamais parlé de ça mais j'estime que maintenant il est grand temps de le faire! Si tu savais à quel point je m'en veux d'avoir tant at-

tendu! Je me sens l'âme d'une criminelle à ton égard.

— Tais-toi! Il n'y a que mon travail à pouvoir me passionner maintenant.

— Ton travail! C'est très joli, le travail, mais même s'il apporte l'illusion de meubler une existence, il ne la remplit pas! Si je n'avais pas, enfouie dans mon cœur, la solide provision de mes souvenirs d'une jeunesse épanouie, je n'aurais pas pu tenir le coup comme tu me vois le faire depuis des années! Quand je disparaîtrai j'aurai au moins eu cette chance. Mais toi? que se passera-t-il le jour où je ne serai plus là? Tu resteras seule, sans même ce genre de souvenirs. Ce sera atroce!

— Je ne serai pas seule puisque je continuerai à recevoir pendant toute la journée les visites de clients.

— Tu as l'intention de pratiquer la voyance jusqu'à la fin de tes jours?

— N'est-ce pas ma vocation? Toi-même, ne m'as-tu pas encouragée à la suivre?

— Il eût été dommage qu'ayant un pareil don tu n'en fasses pas profiter les autres. Mais il y a un terme à tout! Je sais : grâce à lui tu as gagné déjà beaucoup d'argent, sur mes conseils d'ailleurs. Tu n'as plus de soucis d'ordre financier à te faire, ni moi non plus grâce à toi, mais ce n'est quand même pas ça qui a fait ton bonheur! Et puis ne me raconte pas d'histoires : tu as une âme trop pure et trop sincère pour attacher de l'importance à l'argent. Tu sais comme moi qu'il en faut, mais pas trop! C'est un moyen, pas un but! Alors commence à te laisser vivre et à profiter de l'existence quand il en est encore temps pour toi. Tu devrais sortir, t'amuser, voyager, t'évader du carcan où tu t'emprisonnes volontairement. Pourquoi ne pas fermer ce cabinet pendant quelque temps pour raison de vacances?

— Je n'ai pas le droit de fermer, tu le sais bien! Un cabinet de voyance qui ferme perd rapidement toute sa clientèle : l'immense foule de gens qui ont besoin de consulter une voyante ou un mage va immédiatement ailleurs. Ils ne peuvent pas attendre et, à mon retour, je ne les reverrai plus. Ils ne me pardonneront pas de les avoir abandonnés. Si je ferme un jour, ce sera pour toujours.

— Pourquoi ne chercherais-tu pas une remplaçante à titre temporaire?

— Je vais sans doute te paraître très orgueilleuse : je n'ai confiance qu'en moi pour l'exercice de ma profession. Si je partais, le cabinet de *Madame Nadia* ne deviendrait plus qu'une exploitation de la crédulité et de la stupidité humaines. Ça, je ne le veux pas!

— Et si je te remplaçais pendant ton absence? Depuis le temps que je te vois opérer et que tu me fais des confidences, n'ai-je pas appris beaucoup de choses du métier, moi aussi? Je suis sûre de très bien me débrouiller et d'en connaître assez pour te conserver au moins ta clientèle.

— Si je partais me reposer, ce ne pourrait être qu'en ta compagnie. C'est surtout toi, grand-mère, qui n'en peux plus d'être calfeutrée ici.

— Ça, c'est vrai! J'ai une furieuse envie de bouger! J'avoue que j'en ai assez d'ouvrir ou de fermer la porte à tous ces assoiffés de bonheur! Je suis saturée aussi de voir leurs têtes et de te donner mon opinion sur elles : à la longue j'ai l'impression qu'elles se ressemblent toutes! Partons, Nadia!

— Il n'y a qu'un seul endroit où j'aurais envie

d'aller : le *Vieux Manoir*... Voilà des années que nous n'y sommes pas retournées.

– Dans quel état doit-il être, notre cher *Vieux Manoir*!

– Nous le retrouverons intact. Les Levasseur le surveillent très bien et le gardent avec amour dans l'espoir de nous y voir revenir un jour... Ils m'écrivent d'ailleurs régulièrement et je leur ai toujours fait parvenir les fonds nécessaires à son entretien. Le mois dernier toutes les tuiles de l'aile gauche ont même été remplacées. Tu vois que je n'ai pas cessé de m'y intéresser à distance! Ça ne te dirait rien de respirer à nouveau le parfum de notre Sologne? de revoir ses étangs et de retrouver ses taillis où doit foisonner un gibier auquel nul ne s'est attaqué depuis aussi longtemps?

– Arrête, Nadia! J'ai l'impression d'y être déjà... Quand partons-nous?

– Mais je le répète : que deviendra le cabinet?

– Il peut bien rester fermé pendant un mois ou deux.

– Non.

– J'ai une idée : pourquoi, pendant ton absence, ne pas demander à ce mage, qui a toujours été ton ami, d'assurer l'intérim?

– Raphaël?

– Lui-même! N'a-t-il pas été ton véritable professeur? N'est-ce pas lui qui t'a appris ces secrets qui t'ont permis de devenir une vraie professionnelle? N'a-t-il pas pour toi la plus grande estime? Il n'y aurait qu'à placarder sur la porte d'entrée une inscription très aimable conseillant aux clients qui se présenteraient d'aller le consulter pour les urgences et même d'y indiquer la date de la réouverture de ton cabinet?

— Je ne peux pas y inscrire que je me suis absentée pour aller me reposer! Je le répète : une voyante n'a pas le droit de prendre des vacances... Elle doit toujours être là, sur la brèche et en pleine forme! On pourrait croire que j'ai perdu mon don, ce qui serait pire que tout!

— Il n'y aura qu'à inscrire « *Pour raison de famille* ». N'est-ce pas une excellente raison de famille que de ressentir le besoin impérieux de nous retrouver toutes les deux à l'air pur et entre nous, loin du va-et-vient perpétuel des clients?

— Peut-être as-tu raison? je vais téléphoner à Raphaël.

— Enfin raisonnable! Et quand tu reviendras, tu seras en pleine forme. Même si tu as perdu quelques clients entre-temps, tu les récupéreras vite! Rien ne vaut un retour à la nature.

Elle savait très bien ce qu'elle faisait, la vieille Véra. Connaissant sa petite-fille mieux que personne au monde, elle avait compris depuis plusieurs années déjà que Nadia avait reçu, à dix-huit ans, une blessure morale qui ne s'était pas encore cicatrisée et qui ne guérirait peut-être jamais. Blessure dont Nadia ne parlait pas et qu'elle avait essayé d'oublier en se réfugiant pendant des journées entières dans l'exercice de sa profession. Ces consultations qui se succédaient à un rythme ininterrompu étaient devenues pour elle une sorte de baume sur son chagrin. Il semblait même – tellement elle s'adonnait avec frénésie à sa profession – que les soucis ou les malheurs des autres, qu'elle s'efforçait d'adoucir le plus possible par de sages conseils, fussent pour elle le plus puissant et le plus sûr des dérivatifs pour oublier sa propre peine secrète.

Mais Véra savait aussi qu'il existait pour celle qui était tout pour elle un autre remède que ces heures interminables passées dans un cabinet de consultation et exigeant un effort cérébral intense qui, immanquablement, finirait par lui user les nerfs. Si Nadia était lasse comme cela se produisait depuis quelque temps, c'était parce qu'elle n'en pouvait plus de donner des conseils à tous ces inconnus insatisfaits de leur propre sort. Il n'était pas imaginable que les trois visites de l'étrange cliente aient suffi pour l'amener à une telle lassitude : elles n'avaient été que le déclic final mettant en mouvement le mécanisme d'un commencement de dégoût du métier. Pour peu qu'il s'accélérât, ça pouvait devenir grave. Le seul moyen de limiter les dégâts était de pratiquer une pause salutaire et puisque Nadia ne souhaitait qu'un seul endroit pour retrouver le calme dont elle-même, Véra, sentait qu'elle avait le plus grand besoin, elles iraient se réfugier, se cacher même s'il le fallait, dans ce *Vieux Manoir* enfoui au cœur de la Sologne et où toutes deux avaient passé les meilleures années de leur vie avant de revenir s'installer à Paris.

Trois jours plus tard, le mage Raphaël ayant accepté de remplacer celle qui avait été de loin son élève la plus douée, Véra et Nadia avaient retrouvé la vieille bâtisse sans prétention et de pur style « solognot » où l'une et l'autre éprouvèrent très rapidement la merveilleuse impression de rajeunir d'un bon nombre d'années. Quand on se sent moins vieux c'est que l'on est bien dans sa peau. Et surtout on n'entendait plus au *Vieux Manoir* tinter toutes les demi-heures l'odieuse sonnette de la porte d'entrée annonçant la venue d'un nouveau consultant.

C'était le calme enfin retrouvé.

Ce furent les longues promenades dans la journée et les veillées le soir devant la grande cheminée où « le père » Levasseur avait pris soin d'allumer le feu de bois qui craque et qui réconforte. Son épouse, « la mère » Levasseur, faisait la cuisine et bassinait les lits. Chose curieuse, jamais Véra et Nadia n'appelaient les Levasseur par leurs prénoms. Pour elles, qui les avaient toujours connus s'occupant de la ferme attenante au manoir, ces gens du terroir étaient et resteraient toujours « le père Levasseur » et « la mère Levasseur ». Dans le pays, qui disait *Vieux Manoir* pensait aussitôt aux Levasseur. Ils y étaient chez eux beaucoup plus que « ces dames-propriétaires » que l'on n'y avait pas vues depuis tant d'années.

Ces veillées silencieuses, pendant lesquelles Véra faisait de la tapisserie et où Nadia trouvait un réel plaisir à se plonger dans la collection reliée des vieilles *Illustration* avaient un charme infini. Le temps ne comptait pas, la vie exténuante du cabinet n'existait plus.

Un soir où, exceptionnellement, Nadia feuilletait les pages d'un hebdomadaire d'actualités, ramené le matin même de Salbris par le père Levasseur, ceci à la demande de Véra qui en était une lectrice assidue, elle ressentit un choc brutal en y voyant, parmi de nombreuses photographies montrant les invités d'un vernissage parisien, un couple et, au-dessous de la photo, ces quelques mots : *M. et Mme Marc Davault*. Couple qui ne manquait pas d'allure : la femme était belle et élégante, l'homme séduisant. Et ils se souriaient, donnant l'impression d'être heureux.

– Ça, c'est incroyable! s'exclama Nadia en tendant le journal à Véra. Regarde : c'est la femme qui est venue me rendre visite trois fois. Et l'homme, son mari d'après ce qui est imprimé sous la photo, c'est Marc!

Après avoir regardé à son tour, Véra rendit l'illustré en répondant :

– Et il a fallu que nous venions nous calfeutrer ici pour découvrir ça! Tu ne te trompes pas : c'est bien cette femme brune que j'ai vue dans le vestibule mais plus souriante... Quant à Marc, c'est tout à fait lui. Le plus fantastique, c'est qu'ils soient mariés!

Nadia dit alors :

– Je sais maintenant pourquoi un sentiment très secret m'a poussée à revenir dans ce *Vieux Manoir*... N'est-ce pas près d'ici que tout a commencé pour moi? Je comprends mieux également pourquoi, dès qu'elle est entrée dans mon cabinet à Paris, cette femme m'a déplu... Ne dis rien, grand-mère, je t'en supplie! Je préfère rejoindre ma chambre.

Elle ne parvint pas à y trouver le sommeil. Véra non plus : une Véra désespérée qui aurait fait certainement disparaître l'illustré si elle avait été la première à le parcourir et qui s'en voulait presque d'avoir eu l'idée de ce retour en Sologne qui, elle le savait, ne serait plus un séjour de repos mais une véritable souffrance pour sa petite-fille. Celle-ci, enfermée dans sa chambre, devait déjà être en train de ressasser dans sa mémoire ses premières peines de jeunesse et l'intolérable chagrin qu'elle avait dû surmonter depuis le jour où Marc, rencontré dix années plus tôt, à un kilomètre à peine du

Vieux Manoir, ne lui avait plus donné signe de vie.

La toute première pensée qui hanta Nadia fut : « Si Marc est devenu l'époux de cette femme qui venait de lui demander, à la troisième consultation, si elle serait bientôt veuve, cela signifiait que c'était lui la victime et le mari trahi! » S'il n'y avait pas eu cette photographie de journal, elle n'aurait jamais pu imaginer toute la vérité. Elle réalisait aussi que, malgré l'éloignement et le temps, tout ce qui arrivait ou pouvait arriver à Marc ne lui serait pas indifférent. Et si cette dame de cœur, apparue au bas du jeu étalé au cours des trois consultations de la femme brune, n'était autre qu'elle-même, Nadia? Ne serait-ce pas prodigieux?

Elle que le destin ramenait dans la vie de Marc pour qu'elle le sauve une fois de plus! Ne devait-elle pas tout faire pour l'arracher à celle qui souhaitait sa mort? Mais tout de suite elle comprit qu'elle n'y parviendrait que si elle se montrait capable de dominer sa propre émotion. La meilleure façon de retrouver le calme ne serait-elle pas d'essayer de revoir d'abord les principales étapes de son passé qui avait débuté dans cette même vieille maison provinciale où elle était née vingt-huit années plus tôt? S'il le fallait, elle consacrerait toute sa nuit à faire cet effort de mémoire, pressentant que lorsque l'aube reviendrait et quand les brumes se dissiperaient, elle verrait plus clair pour agir.

Sa naissance? Tout ce qu'elle en savait était que sa mère était morte en la mettant au monde dans cette même chambre et dans ce même lit sur lequel elle était étendue.

Ensuite elle avait été élevée au *Vieux Manoir* par sa grand-mère, Véra, d'origine russe. De temps en temps, elle y avait reçu la visite de son père, industriel vivant la plupart du temps aux Etats-Unis et qu'elle n'avait qu'assez peu connu. Un père qui l'avait toujours impressionnée mais auquel elle n'avait pu réellement s'attacher : il n'avait été qu'un étranger pour qui ces séjours rapides auprès de son enfant et de sa belle-mère semblaient avoir été plutôt des corvées auxquelles il ne pouvait pas se soustraire. Le seul être vivant de sa famille, son unique parente, celle dont la féminité s'était penchée avec amour sur ses rêves ou sur ses peines de petite fille avait été Véra qui avait su devenir sa vraie maman.

A six ans – et de cela Nadia se souvenait parfaitement – elle avait été frappée par une vilaine maladie dont les grandes personnes chuchotaient autour d'elle le nom qu'elle avait très bien retenu et qui, vingt-deux années plus tard, lui faisait encore horreur : paralysie infantile. Cela avait duré trois années pendant lesquelles, après être restée allongée au cours des premiers mois, elle n'avait pu se déplacer, entre deux séances de bains et d'exercices de rééducation prolongés dans des hôpitaux spécialisés, qu'avec l'aide de béquilles. Ses jambes, devenues squelettiques, ne pouvaient plus la porter : c'était comme si elles étaient folles. Période douloureuse qui lui permit cependant de commencer à découvrir les réserves de tendresse dont une grand-mère peut se montrer prodigue. Véra ne la quitta plus. Ce fut pendant cette maladie que la fillette eut, alors qu'elle somnolait allongée sur un lit de repos, une vision affreuse... Ce monsieur, qu'elle devait appeler « papa » aux rares fois où il venait la voir en ne manquant jamais de lui apporter une poupée qu'elle détestait presque aussitôt et qu'elle jetait par terre dès qu'il était parti, lui apparut le visage blafard et dégoulinant de sang. Il la regardait sans parler et avec des yeux aussi fixes que ceux des poupées exécrées... Ce fut ce jour-là que Nadia prit en horreur la vue du sang qui ensuite ne cessa plus de la terrifier chaque fois qu'il lui apparaissait au cours d'une voyance. Ce sang qui avait servi à écrire sur du sable les cinq lettres du mot *VEUVE* quand la femme de Marc était venue la consulter à Paris... C'était la première fois aussi que la petite Nadia avait une voyance sans même savoir ce que c'était.

Ce premier cauchemar, elle n'osa même pas en parler à sa grand-mère, mais quelques jours plus tard celle-ci lui annonçait qu'elle ne reverrait plus jamais ce papa qui lui apportait des poupées. Il avait été tué dans un accident de voiture. C'était affreux mais l'enfant s'en réjouit presque : qu'avait-elle à faire de cet inconnu alors qu'elle avait la chance d'avoir, toujours auprès d'elle, « sa » Véra.

Guérie, débarrassée des vilaines béquilles, elle put de nouveau marcher et courir dans le parc du *Vieux Manoir* où Véra sut entretenir un merveilleux climat d'irréalité permettant aux rêves de l'enfant de s'épanouir. Il n'était pas certain d'ailleurs que cette nuit même elle n'était pas encore en train de rêver dans sa chambre... Véra aussi ne venait-elle pas d'un pays où les rêves sont un peu fous : sa Russie natale? N'était-elle pas toute désignée pour entraîner Nadia dans les chevauchées qu'elle avait connues en troïka à travers la steppe emmitouflée de blanc et aux accents de mélodies tziganes qu'elle lui fredonnait le soir, près de son lit, pour qu'elle s'endorme? Pour Nadia, sa grand-mère avait été une fée et l'était restée. A cette époque, pendant les veillées, Véra ne faisait pas encore de tapisserie : elle se tirait les cartes alors que Nadia tournait les pages de livres d'images... Mais il arrivait souvent qu'elle s'arrachât à cette contemplation pour se rapprocher de sa grand-mère :

– Qu'est-ce que tu vois dans tes cartes?

– Une foule de choses surprenantes et particulièrement une : que tu seras une femme assez extraordinaire quand tu seras grande.

– Comment est-on quand on est grand?

– On voit les événements d'une tout autre manière... C'est pour cela qu'il ne faut pas trop te presser de grandir.

Véra était fascinée par ces rois, par ces reines, par ces valets du jeu de cartes qui semblaient lui dire : « Nous t'attendons pour qu'un jour tu nous révèles notre raison d'être. »

Elle avait aussi un autre compagnon de jeu : Jacques, le fils du métayer qui avait un an de plus qu'elle. Un solide garçon de la terre qui n'aimait que ce qu'il voyait autour de lui : les bois, les étangs, le gibier, les animaux de la ferme. Il était un peu amoureux de cette cadette aux boucles blondes qu'on appelait dans le pays « la demoiselle du *Vieux Manoir* ». Plus tard, Jacques et Nadia le savaient déjà, il s'occuperait de la ferme comme le faisaient actuellement ses parents : c'était leur destinée, à eux, les Levasseur... Et Nadia deviendrait « la dame du château ». Seulement, à l'âge qu'ils avaient, les différences sociales n'existent pas. Quand on joue, c'est avec la conviction que le jeu sera éternel. Celui-là dura deux années.

Une nuit – Nadia, ayant onze ans, n'était plus tout à fait une petite fille – Véra fut réveillée par des pleurs qui provenaient de la chambre voisine. Elle se précipita et trouva Nadia dressée sur son lit, le visage hagard, en larmes.

— Qu'est-ce qui t'arrive, chérie?
— Je ne sais pas... Je ne sais plus...
— Sans doute un vilain rêve sans importance. Recouche-toi.
— Mamie, pourquoi fait-on des rêves?
— Personne ne pourra vraiment te l'expliquer... Ce sont des souvenirs ou des prémonitions qui passent dans le cerveau pendant que l'on dort. Ceci parce que le cerveau ne s'arrête jamais de travailler. Jadis, les Anciens croyaient à la puissance des rêves... C'est pourquoi ils avaient souvent auprès d'eux des mages qu'ils consultaient pour savoir ce que voulait dire le rêve qu'ils avaient fait.
— Comment c'est fait, un mage?
— Comme tout le monde mais ça devine ce que les autres ne peuvent pas voir.
— J'aimerais être mage!
— Pour le moment tu n'es que ma petite-fille qui va sagement dormir.
— Mamie, tout à l'heure tu as bien dit que, les rêves, c'étaient des souvenirs? Je ne me souviens pas d'avoir vu ce qui était dans mon rêve...
— Qu'est-ce que tu as vu?
— Rien.
— Alors? Calme-toi et dors.
— Et les prémonitions, qu'est-ce que c'est?
— Un phénomène psychique consistant en un avertissement intuitif d'un événement qui se produira ou qui surviendra au loin... Nadia, il faut dormir! Veux-tu que je chante en russe un air de mon pays pour t'aider?
— Oui : celui que j'aime tant et que tu m'as chanté l'autre jour, en disant que c'était ce que chantaient

les mamans de Kiev pour endormir leurs enfants...

– Tu te souviens même du nom de la ville? Quelle mémoire! Maintenant tais-toi et écoute...

Quand les yeux de Nadia se fermèrent, Véra quitta doucement la chambre.

Ce qu'elle ne pouvait pas savoir était que Nadia avait fait semblant de s'endormir, non pas pour lui mentir mais pour la rassurer comme elle l'avait déjà fait lorsqu'elle lui avait répondu qu'elle ne se souvenait pas de ce qu'elle avait vu en rêve. Dès qu'elle se retrouva seule dans le noir, elle rouvrit les yeux... Ce qu'elle avait vu était aussi horrible que le visage blafard de l'homme qui avait été son papa. Le plus terrible était qu'elle n'était pas sûre d'être endormie quand elle avait eu cette nouvelle vision... Le corps de son ami Jacques flottait à la dérive sur l'eau. Elle l'avait très bien reconnu : ses yeux étaient fixes comme ceux de son père et de ses poupées. Et elle s'était même vue elle-même tendant les bras, impuissante, vers le corps qui passait devant elle et qu'elle ne pouvait atteindre pour le sortir de l'eau...

Huit jours plus tard, alors qu'elle était en compagnie de Jacques auprès de l'étang, situé derrière les bâtiments de la ferme et où s'ébattaient de jeunes canards sauvages ignorant que bientôt viendrait pour eux l'ouverture de la chasse, elle dit en montrant des nénuphars qui flottaient au centre de l'étang :

– J'aimerais tant en rapporter un au manoir!

– C'est facile avec la barque. Tu vas voir...

Il avait détaché l'amarre retenant à un piquet la vieille barque vermoulue. Saisissant les rames, il s'éloigna lentement vers le massif de nénuphars en criant joyeusement :

— Ce n'en est pas un que je vais te rapporter mais de quoi fleurir toute ta chambre!

Il était toujours comme ça avec elle, Jacques, prêt à satisfaire ses moindres caprices : grimpant à un arbre, franchissant une haie d'un bond pour cueillir une fleur, courant en riant après un lapin qui détalait... C'était l'une des raisons pour lesquelles elle l'aimait tant! Mais, tout à coup, au moment où elle allait atteindre les nénuphars, la barque s'enfonça pendant que Jacques hurlait :

— Au secours, Nadia! Je ne sais pas nager!

Nadia non plus ne savait pas nager. On leur avait d'ailleurs toujours interdit de monter dans cette barque que Nadia, pétrifiée, vit s'engloutir. La dernière vision qu'elle eut fut celle des bras de Jacques levés vers le ciel en tenant une rame. Puis ce fut le silence entrecoupé de temps en temps par le cri d'un canard.

On retrouva Nadia évanouie au bord de l'étang. Le corps de Jacques, retenu au fond par les racines des nénuphars, ne remonta pas à la surface : il ne fut récupéré que pendant la nuit à la lumière des torches.

Nadia fut très malade et délira pendant trois jours. Quand elle reprit conscience, Véra lui apprit, avec le plus de ménagements possible, que, comme pour son père quelques années plus tôt, elle ne reverrait plus son ami Jacques. Et elle lui fit faire une prière. Ce fut à dater de ce jour que, dans les souvenirs de Nadia, le disparu resta toujours Jacques alors que ses malheureux parents devinrent pour elle « le père » et « la mère » Levasseur.

Quand ils ont perdu leur unique enfant, les parents vieillissent très vite.

On ne reparla plus de Jacques dans le *Vieux Manoir*. Véra savait que l'une des plus grandes forces de la jeunesse est d'oublier le passé pour regarder vers l'avenir. Elle trouvait normal aussi que Nadia ne retourne plus jamais auprès de l'étang qui lui faisait horreur et évite le plus possible de rencontrer les parents du disparu. Quand il lui arrivait quand même de les croiser, elle s'enfuyait, ne sachant que leur dire. Dans son cœur de fillette et malgré tout ce que lui avait dit sa grand-mère en essayant de lui faire comprendre que l'accident n'avait été dû qu'à une malheureuse fatalité, elle se sentait la vraie et même l'unique responsable de ce qui s'était passé. Si elle n'avait pas manifesté le désir d'avoir ce nénuphar, jamais le jeune garçon ne se serait aventuré dans la vieille barque à laquelle on leur avait interdit de toucher. Mais pourquoi ne s'être pas débarrassé plus tôt de cette barque maudite ? Les grands, c'est-à-dire les aînés, étaient, eux aussi, coupables par négligence. Un remords sourd et profond tenaillait Nadia, l'empêchant de dormir pendant des nuits entières : dix fois, cent fois elle revoyait l'horrible scène qui l'avait bouleversée le soir où Véra l'avait trouvée en larmes.

Les mois passèrent. N'ayant plus de compagnon de jeu, Nadia errait solitaire pendant des heures le long des futaies et dans les bois jouxtant la propriété. L'une de ces soirées où, comme tous les jours après le dîner, elle se trouvait devant la grande cheminée, regardant alternativement les flammes du foyer et Véra qui – ayant abandonné son éternelle tapisserie – avait étalé un jeu de cartes pour faire une réussite, elle lui dit sur un ton grave qui n'était pas celui d'une fillette mais d'une adolescente :

— Il y a une chose, mamie, que je ne t'ai jamais dite parce que je n'étais pas certaine qu'elle fût vraie... Mais maintenant que j'ai eu le temps de réfléchir, je sais que je ne me suis pas trompée. La nuit où tu m'as trouvée en pleurs, quelques jours avant la mort de Jacques, je ne dormais pas contrairement à ce que tu as cru. J'étais éveillée et j'ai vu le corps qui flottait sur l'eau à la dérive mais je n'ai pas voulu te l'avouer pour ne pas t'effrayer et peut-être aussi parce que j'avais peur que tu ne penses que j'étais devenue folle. L'horreur, je ne l'ai pas vue dans un cauchemar, mais de mes yeux ouverts.

— Ne parlons plus de tout cela! Essaie d'oublier.

— Mais n'est-ce pas terrible pour moi si je vois clairement des événements avant qu'ils ne se produisent?

— Cela signifie simplement que tu possèdes sans doute un don que n'ont pas les autres. De toute façon, ce n'est pas grave et, qui sait? ça pourra peut-être te servir plus tard? Prévoir les choses, cela doit permettre d'éviter qu'elles n'arrivent... Enfin, comme tous les êtres très sensibles, tu as trop d'imagination. Méfie-toi d'elle! Moi je n'en ai pas : c'est pourquoi je me tire les cartes. Maintenant tu devrais aller dormir. N'oublie pas que demain c'est dimanche et que nous devons nous lever tôt pour aller à la messe du village.

Restée seule, Véra se sentit envahie par une réelle inquiétude : sa petite-fille aurait-elle hérité de ce don de voyance que possédait sa mère à elle, Véra? Cette merveilleuse maman slave, qui se prénommait Natacha et qui s'approchait chaque soir de son lit d'enfant dans la maison familiale de Kiev pour lui raconter d'étonnantes histoires destinées à l'endormir. Natacha possédait – tout le monde le savait dans la région – un prodigieux don de voyance. Les gens venaient la consulter de très loin et la respectaient parce qu'elle ne leur accordait des consultations que pour leur rendre service, jamais par appât de l'argent. C'était son bon cœur seul qui dictait sa conduite. Elle en avait prédit des choses, Natacha! Et particulièrement qu'un jour viendrait, pas tellement éloigné, où de graves changements se produiraient dans la Grande Russie : événements auxquels personne de son entourage n'avait cru et qui pourtant étaient arrivés... Et si ce don mystérieux s'était transmis à Nadia après avoir sauté deux générations : la sienne et celle de sa fille, la maman de Nadia morte en couches? Pourquoi le pouvoir de voyance n'aurait-il pas, dans certaines familles, un caractère héréditaire? Si ce que Nadia venait de lui confier était vrai – et il n'y avait aucune raison de mettre ses dires en doute : Nadia n'était pas menteuse – une certitude commençait à se dessiner dans l'esprit de Véra : sa petite-fille possédait, elle aussi, le don contre lequel aucune influence ni aucune puissance humaine ne peut lutter. Il faudrait l'accepter en évitant le plus possible d'en faire la révélation à l'enfant qui, elle, ne savait pas encore à quel point ce peut être grave et dangereux de voir l'avenir. Pour y parvenir il n'y avait qu'une méthode : rire des visions que Nadia dirait avoir eues. Se moquer d'elle au besoin : ce ne serait qu'à ce prix que l'enfant ne serait plus troublée et finirait par ne plus y attacher elle-même d'importance.

Ce fut là, chez la grand-mère, un raisonnement erroné. C'était surtout mal connaître Nadia.

Pourtant Véra prit une décision : plus jamais elle ne consulterait ses cartes qui étaient encore là étalées devant elle sur un guéridon : cartes qui ne lui apprenaient pas grand-chose à elle mais dont la seule vue risquait de continuer à intriguer la fillette. Il fallait faire disparaître de son horizon encore trop juvénile tout ce qui se rapportait à la voyance! Rapidement elle ramassa le jeu qu'elle enfouit dans l'un des tiroirs de son secrétaire sous une pile de papiers avec l'intention de ne plus le ressortir de sa cachette. Pendant les veillées, elle reviendrait à la tapisserie.

Nadia avait continué à grandir et aurait retrouvé un bonheur sans nuages si sa grand-mère ne lui avait imposé depuis deux années déjà la présence au *Vieux Manoir* d'une institutrice, Mlle Blanc, que Nadia n'aimait pas, mais Véra, n'ayant plus qu'elle au monde, n'avait pas pu se résigner à envoyer sa petite-fille en pension et à se séparer d'une jeunesse qui la réconfortait et qui était pour elle sa raison de vivre.

Sous une apparence austère, Mlle Blanc était loin d'être une mauvaise femme. Très vite même elle se révéla être une remarquable éducatrice. Grâce à elle Nadia fit de sérieux progrès. Trois années suffirent pour que la fillette soit transformée : à quatorze ans elle était déjà une jeune fille dont les connaissances intellectuelles et même artistiques étaient très en avance sur celles d'autres filles de son âge. Et pourtant, à l'exception de Véra et de Mlle Blanc, elle ne voyait pas grand monde au *Vieux Manoir!*

Demi-solitude qui semblait ne pas tellement lui peser. Elle avait appris à la meubler. Les heures d'études alternaient avec celles de musique et de peinture. Nadia adorait le piano et de préférence les œuvres de Chopin. Quant à la peinture, l'une de ses plus grandes joies était de partir avec son chevalet et sa palette dans la campagne environnante pour peindre la nature. Accompagnée par les chants des oiseaux, elle peignait un site selon ce qu'elle appelait « l'inspiration du moment ». Aimant tout particulièrement les paysages de cette Sologne qu'elle croyait lui appartenir, elle éprouvait en peignant une sensation d'apaisement qui lui libérait l'esprit. Elle ne pensait plus qu'à l'œuvre qui commençait à prendre vie et couleur sur la toile. Elle en arrivait à tout oublier : le *Vieux Manoir,* l'institutrice et même Véra. Ce fut ainsi que, peu à peu, sa véritable personnalité de sauvageonne rêveuse se développa et s'affirma. Quand elle revenait au manoir, elle montait directement dans sa chambre où elle regardait une dernière fois la toile plus ou moins achevée avant de la cacher derrière le rideau d'une penderie où elle rejoignait dans l'obscurité les toiles peintes précédemment. Et chaque fois que Véra demandait :

– Pourquoi ne me montres-tu pas tes œuvres?

Elle répondait invariablement :

– Parce que j'aurais honte! Elles ne valent rien... je ne peins pas pour les autres mais pour moi toute seule. N'ai-je pas le droit, maintenant que je suis plus grande, d'avoir mes petits secrets à moi?

– Fais attention, chérie! C'est en se conduisant ainsi à ton âge que plus tard on devient égoïste... Un très vilain défaut, l'égoïsme! Il ne faut pas garder tous ses secrets enfouis dans son cœur... Il y en a, parfois, qui sont très lourds à supporter toute seule et qu'il serait préférable de livrer à une oreille amie, ne serait-ce qu'à celle de ta grand-mère.

Nadia ne répondait rien.

— A propos, il semble que depuis ces trois dernières années tu n'aies plus eu de ces affreuses visions?

— La peinture s'est révélée pour moi un excellent remède. Chaque fois que l'une de ces visions que je déteste m'apparaît, je me précipite sur mes toiles pour les regarder à nouveau et avec l'impression de contempler quelque chose qui me paraît vrai. Ça fait s'évanouir les autres visions qui ne peuvent être que fausses. Tu devais avoir raison : j'ai trop d'imagination... Le meilleur moyen n'est-il pas de remplacer immédiatement le rêve par la vue de quelque chose qui existe réellement?

Réponse qui ne rassurait qu'à moitié Véra. N'indiquait-elle pas que le don de voyance continuait à persister malgré le désir sincère de Nadia de lui échapper?

— Mais qu'est-ce que tu aimes peindre de préférence : des fleurs, des haies, des arbres?

— Tout ce qui est la nature est beau à peindre.

Elle se gardait cependant de confier à sa mamie que le seul paysage qu'elle ne peindrait jamais serait celui où il y aurait un étang. Elle fuyait même les ruisseaux ou les cours d'eau qui, pour elle, pouvaient transporter la mort.

Un après-midi où venait de se terminer la leçon d'anglais, Mlle Blanc, qui ne s'était jamais montrée prodigue de compliments, dit :

— Ma chère Nadia, je suis très satisfaite. Votre prononciation devient excellente. C'est pourquoi je me demande s'il ne serait pas judicieux maintenant de vous envoyer au printemps prochain faire un séjour d'un ou deux mois en Angleterre dans une famille où l'on ne parlerait qu'anglais. Vous en reviendriez avec un accent irréprochable. Il faudra que je parle de ce projet avec votre grand-mère.

– Ça ne presse pas, mademoiselle. Je n'ai aucune envie d'aller à l'étranger. Je me sens tellement bien ici... Si ça ne tenait qu'à moi, je ne quitterais jamais ma Sologne!

– Nous verrons cela. En attendant, je vais m'absenter pendant une petite heure. Il faut absolument que je mette à la boîte du village une lettre avant la levée du courrier. C'est pour ma sœur.

– Vous avez une sœur? Vous ne nous en avez jamais parlé?

– Je crois l'avoir dit, quand je suis entrée ici, à votre grand-mère. Et si je n'en ai plus parlé c'est parce que j'ai pensé que ça ne vous intéresserait pas.

– Elle est institutrice comme vous?

– Oh, non! Elle ne pourrait pas être dans l'enseignement, ni d'ailleurs dans rien... Elle est paralysée depuis son enfance et vit dans une institution spécialisée loin d'ici.

Ce fut pour Nadia une révélation. Ainsi il pouvait exister des gens, comme cette Mlle Blanc, qui avaient le malheur dans leur famille et qui n'en parlaient jamais. Des gens qui, comme elle, Nadia, avaient aussi leurs secrets.

– Vous avez d'autres parents?

– Je n'ai qu'elle. C'est d'ailleurs pour subvenir à ses besoins que je suis contrainte de continuer à travailler.

– Voulez-vous que je vous accompagne jusqu'au village?

– Mais non, ma petite Nadia. C'est très gentil à vous de m'avoir fait cette offre mais je sais que ce serait pour vous une corvée. Vous devriez aller faire un peu de musique. Il y a une semaine que vous n'avez pas touché au piano et vous savez très bien que votre grand-mère adore vous écouter jouer. Savez-vous ce qu'elle m'a dit hier : « Chaque fois que j'entends résonner le piano de Nadia, j'ai l'impression que c'est tout le *Vieux Manoir* qui chante. »

– Elle a dit ça ? Alors je vais lui faire plaisir... Mais, pour cette lettre, vous ne pouvez pas attendre jusqu'à demain ? Le temps est très incertain : je suis sûre qu'il va y avoir un orage.

– J'ai encore de bonnes jambes : je serai revenue avant qu'il n'éclate... Et puis, je ne déteste pas la pluie de temps en temps.

– Moi je n'aime d'elle que l'odeur qu'elle répand sur la terre quand elle a cessé de tomber. Faites vite !

– A tout à l'heure.

Par l'une des fenêtres du salon, Nadia, pensive, la regarda partir. Ça l'ennuyait de voir la vieille demoiselle partir ainsi seule. Elle ne savait d'ailleurs pas trop pourquoi : c'était bien la première fois qu'un pareil sentiment de sollicitude à l'égard de celle qu'elle n'aimait pas l'envahissait. Peut-être parce qu'elle venait de découvrir, à travers les quelques mots échangés, que l'austère demoiselle pouvait être, elle aussi, quelqu'un d'humain qui savait cacher ses peines ? Ou parce qu'elle lui était reconnaissante des félicitations qu'elle venait de lui adresser pour ses progrès en anglais ? Absolument pas : Nadia avait horreur des compliments. Il y avait autre chose qui la tenaillait : elle avait réellement peur de la voir s'éloigner seule du *Vieux Manoir* en se disant que tout pouvait lui arriver. N'avait-elle pas eu, l'avant-veille, une nouvelle vision qui lui avait montré une Mlle Blanc immobile avec un visage de cire? Et, comme cela s'était passé pour les autres visions, elle ne dormait pas! Sur le moment la vision – c'était épouvantable de se l'avouer – lui avait presque fait plaisir : enfin elle serait débarrassée de cette poison! Mais maintenant qu'elle était partie, Nadia avait très peur. Bien sûr, conservant ce nouveau secret, elle n'en avait rien dit à Véra, ni encore moins à l'institutrice. Très vite, pour oublier la vision, elle courut jusqu'au piano où elle se réfugia dans une valse de Chopin comme si elle cherchait à couvrir le martellement sinistre de la pluie d'orage qui commençait à tomber en grosses gouttes. Elle savait aussi que la musique peut faire tout oublier.

Ce n'était pas une heure qui s'était écoulée depuis le départ de Mlle Blanc, mais trois : la vieille demoiselle n'était toujours pas revenue. L'orage avait pris fin, laissant une nature détrempée. La nuit surtout était là, apportant l'inquiétude. A la demande de Véra, le père Levasseur était parti à la recherche de l'institutrice. Blottie au fond de la vieille bergère qu'elle affectionnait et où, telle une chatte frileuse, elle avait pris l'habitude de se recroqueviller sur elle-même pendant les veillées, Nadia restait silencieuse. Son regard fixe donnait l'impression de ne rien voir et d'être rivé sur le néant. Il n'avait plus rien à découvrir, ayant déjà vu, quarante-huit heures plus tôt, ce qui se passait seulement aujourd'hui. Elle savait que Mlle Blanc était morte mais elle n'osait pas le dire à sa grand-mère.

Après une nouvelle heure le métayer revint, accompagné de son employé de ferme, pour annoncer qu'ils avaient retrouvé le corps de l'institutrice, foudroyée à l'entrée du chemin conduisant au manoir, au pied d'un cèdre sous lequel elle avait dû se réfugier pour s'abriter. En entendant la confirmation de ce qu'elle avait vu, Nadia pleura : des larmes muettes.

— Tu l'aimais donc tant que cela? demanda Véra.

Il n'y eut pas de réponse : la jeune fille monta s'enfermer dans sa chambre. Pourquoi dire à sa mamie qu'elle avait maintenant la preuve irréfutable de pouvoir déceler les événements avant les autres qui ne les pressentaient même pas. Révélation qui l'atterra.

On ne parla plus au *Vieux Manoir* de la disparue, comme on n'y parlait plus du papa ni de Jacques. Nadia ne sortait pas de la maison, n'ayant plus envie de peindre des sous-bois ni de s'asseoir devant le clavier, refusant même d'aller au village pour ne pas passer, à l'entrée du parc, devant l'arbre déchu. Comme l'étang, c'était devenu pour elle un lieu maudit. Son refuge n'était même plus sa chambre mais le grenier où elle restait pendant des journées entières.

— Mais qu'est-ce que tu peux bien faire là-haut? demanda un soir Véra.

— Je continue à m'instruire. Sais-tu qu'il y a, dans le grenier, des piles de livres poussiéreux et passionnants?

— Je sais mais j'avoue ne les avoir jamais ouverts! La plus grande erreur de ma vie a été de ne pas être friande de lecture : j'ai toujours préféré les travaux d'aiguille.

– Tes interminables tapisseries! Et peut-être aussi faire des réussites? A ce propos, il y a déjà un bout de temps que je ne t'ai plus vue en faire!

– Mes réussites ne marchent jamais! Je ne dois pas être douée... Et même si ça marchait, cela ne signifierait rien! On peut faire dire tout ce qu'on veut aux cartes.

– Crois-tu?

Si Véra avait eu l'idée de chercher son jeu de cartes au fond du tiroir où elle l'avait caché, elle ne l'aurait pas trouvé. Depuis quelques semaines déjà, Nadia s'en était emparée : il était dans une autre cachette, au grenier, derrière les livres fascinants parmi lesquels il s'en trouvait un qui expliquait comment il faut s'y prendre pour tirer les cartes et parvenir à les faire parler. Le jeu lui permettait de mettre en pratique les cas exposés dans l'ouvrage et surtout – pour elle n'était-ce pas le plus important? – de découvrir progressivement la corrélation existant entre les cartes et les voyances secrètes qu'elle avait. Celles-ci avaient continué presque chaque jour pour des événements de la vie courante assez bénins et nullement dramatiques qui se produisaient immanquablement dans la réalité après qu'elle les avait vus. Cela lui permit de vérifier la véracité des visions qui se succédaient dans son esprit. Etrange et patient travail qui commençait à la passionner. D'autres livres, consacrés aux sciences occultes, lui avaient apporté beaucoup de révélations. Le grenier, auquel elle ne pouvait plus s'arracher, était devenu pour elle le décor où elle pouvait vivre le plus intensément.

51

Un après-midi Véra vint la surprendre dans son repaire en disant joyeusement :

— Avec toutes ces toiles d'araignée on se croirait presque dans le domaine d'un alchimiste ou de l'enchanteur Merlin! (Et, comme le jeu de cartes était étalé sur le plancher :) Mais c'est mon jeu que tu as pris! Tu t'intéresses donc aux cartes maintenant?

— Pas pour moi... C'est seulement pour voir ce qu'elles peuvent m'apprendre sur les autres.

— Et tu as eu le courage de lire tous ces bouquins que je trouvais tellement ennuyeux quand j'avais ton âge? Tu sais, chérie, ce n'est pas parce que les choses sont imprimées qu'elles sont vérité d'Evangile! Tu t'y retrouves dans ce fatras?

— Très bien.

— Tu me rappelles de plus en plus ma mère... Tout cela c'est bien joli mais il faudrait quand même poursuivre tes études, ne serait-ce que pour obtenir ton baccalauréat. Après on verra.

— C'est tout vu, mamie. Et tu n'as aucune inquiétude à te faire : je sais très bien ce que je ferai plus tard... Je prédirai l'avenir.

— Pythonisse?

— Appelle-moi comme tu voudras mais je suis certaine de réussir.

— Tu n'as tout de même pas l'intention d'en faire ton métier?

— Non, bien sûr... Mais je pourrai rendre de grands services.

— Parlons sérieusement : tu n'as plus d'institutrice et tu ne peux pas continuer tes études toute seule. Je ne vois donc que deux solutions : où nous dénichons une nouvelle Mlle Blanc...

— Oh, non! Je t'en supplie : plus d'institutrice!

— Ou tu suis des cours par correspondance... Mais ça ne donne pas des résultats bien fameux! A moins que... et ce serait peut-être ce qu'il y aurait de plus sage : si tu entrais dans un pensionnat?

— Jamais! Toi, ma mamie, tu te séparerais de moi?

— J'avoue que je n'en ai pas tellement envie... Il y aurait peut-être une quatrième solution : c'est que nous nous installions à Paris où, tout en vivant avec moi, tu irais dans un lycée.

— Mais que deviendra notre *Vieux Manoir?*

— Il en a vu d'autres! Il attendra notre retour aux périodes de vacances et sous la garde des Levasseur.

— J'aurai beaucoup de chagrin d'abandonner, même momentanément, ma Sologne. Ça me ferait l'effet d'une désertion.

— Sois raisonnable! Tu es maintenant une grande jeune fille qui doit poursuivre de bonnes études et qui ne peut pas non plus rester confinée dans un tel isolement avec moi seule pour toute compagnie! Il faut absolument que tu commences à fréquenter des gens de ton âge.

— Je n'ai envie de voir personne!

— On dit ça mais, quand nous serons à Paris, tu changeras vite d'avis... C'est décidé : nous partirons pour la capitale dès que nous aurons trouvé un logement décent dans un quartier sympathique. Dès demain je téléphonerai à notre homme d'affaires pour qu'il se mette en chasse : c'est un vieux renard rusé qui ne sera pas long à trouver. A ce soir pour le dîner. Je te laisse avec tes bouquins mais je te le répète : ne crois pas plus à ce qu'ils racontent qu'au prétendu pouvoir mystérieux des cartes!

Véra était plutôt satisfaite de cette conversation.

Le prétexte des études à poursuivre était excellent. Ce qu'elle n'avait pas dit et n'avouerait jamais à sa petite-fille était que, depuis longtemps déjà, elle estimait que Nadia devait quitter ce *Vieux Manoir* où elle ressassait ses peines dans un isolement stérile. Elle n'aimait pas trop non plus la voir plongée dans des lectures consacrées à l'occultisme ni croire que son avenir serait dans la profession de voyante. Faire des réussites est une distraction sans grand prolongement mais axer toute une existence sur ce que disent ou ne disent pas les cartes est une folie. Peut-être aussi que, loin du manoir, ce don de voyance – dont elle redoutait tant les effets chez une jeune fille de son âge – s'atténuerait et disparaîtrait même? La capitale offre tant de distractions et d'attraits pour un cerveau encore jeune. Il fallait Paris.

La grand-mère avait vu juste. Quatre années de vie parisienne étaient passées pendant lesquelles Nadia avait terminé ses études secondaires et s'était fait beaucoup d'amis et d'amies de son âge. A dix-huit ans elle venait d'atteindre sa majorité et était devenue jolie : ce qui contribuait à accroître son succès. Elle donnait aussi l'impression d'avoir une furieuse envie de vivre et de s'amuser, ce dont Véra se réjouissait. Il n'était surtout plus question de voyance! Et quand mamie avait dit :

– Maintenant que tu es bachelière, qu'as-tu l'intention de faire? Y a-t-il une profession qui t'attire?

La réponse avait été :

– A vrai dire je ne sais pas : tout m'intéresse... J'aimerais assez être avocate...

– Et la médecine?

– Il n'y aurait qu'un genre de médecine dans lequel je me sentirais à l'aise : celle qui soigne la pensée.

– Psychiatre ?

– Pourquoi pas ? Les maux du corps me paraissent secondaires, ce sont ceux de l'âme qui ont de l'importance... Mais laisse-moi encore réfléchir pendant ces vacances. Les facultés ne rouvrent qu'à la rentrée.

Le lendemain après-midi elle reçut la visite de sa plus grande amie, Béatrice, qui était dans le même lycée qu'elle et qui, elle aussi, venait de réussir à l'examen terminal. Chaque fois que Béatrice venait, elles allaient s'enfermer dans la chambre de Nadia où elles se faisaient leurs confidences qui ne regardaient personne.

Béatrice, charmante et jolie, ne ressemblait pas à Nadia : elle était aussi brune que son amie était blonde. La plus grande différence entre elles venait de leur comportement : Béatrice était directe, assez brusque et passionnée de sport : elle jouait au tennis, montait à cheval, nageait, skiait en championne. Nadia était plus réservée, plus mystérieuse aussi, préférant les joies d'une femme d'intérieur. La brune s'extériorisait, la blonde rêvait. C'était sans doute pourquoi, se complétant, elles s'entendaient.

Ce jour-là Béatrice dit d'emblée :

– Il faut absolument que tu me tires les cartes !

– Pourquoi ?

– Ça m'aidera à trouver une profession. Mes parents aimeraient que je devienne pharmacienne. Ils disent que c'est un très bon métier mais moi ça ne m'enthousiasme pas ! Tu me vois au milieu des bocaux ou submergée par la lecture des ordonnances? Et je déteste l'odeur des pharmacies! Les cartes diront peut-être où est mon véritable avenir? Chaque fois que tu me les as tirées, tout s'est passé comme tu l'avais vu.

Cela aussi Véra ne le savait pas : en quittant le *Vieux Manoir* Nadia avait emporté le jeu de cartes et jamais, depuis, elle n'avait cessé de le manipuler. Maintenant elle savait très bien faire parler les cartes et en avait profité pour venir en aide à ses amies parisiennes et même à ses amis garçons. Chaque fois que l'une ou l'autre connaissait un ennui, une idée salvatrice jaillissait aussitôt : « Je vais demander à Nadia de me tirer les cartes et elle trouvera la solution. » Pour eux, la petite-fille de Véra était plus qu'une amie : c'était Nadia-Miracle.

Comment refuser de rendre service à Béatrice? Le jeu, exhibé d'une autre cachette, fut battu, coupé, étalé... Et presque aussitôt les sourcils de Nadia se froncèrent.

– Qu'est-ce que tu vois? demanda son amie.

– Pour ta carrière, rien de précis. Mais – et c'est ce qui m'inquiète – je vois un danger immédiat qui se rapproche de toi... C'est affreux, Béatrice! Tu es entourée de flammes chez toi... Il se passe quelque chose en ce moment dans ta propre maison. Mais rassure-toi : je ne te vois pas brûlée.

– Mes parents?

– Je ne sais pas... Je ne les vois pas... Rentre vite et téléphone-moi.

Une heure plus tard Béatrice l'appelait :

– Sais-tu que tu es formidable? Quand j'ai ouvert la porte de l'appartement, ça sentait le brûlé et c'était envahi de fumée. Il n'y avait personne. Mes parents n'étaient pas là et la bonne, avant de sortir faire une course dans le quartier, avait laissé le gaz allumé dans la cuisine qui commençait à flamber! J'ai appelé les pompiers. Maintenant c'est terminé mais si tu voyais les dégâts! Ça n'a été qu'une alerte, très chaude! Comment diable as-tu fait pour voir ça dans les cartes?

– Je ne sais pas... Dès que le jeu a été étalé, je l'ai vu et il y avait des flammes autour de toi. C'est tout.

– Ecoute Nadia : je ne sais pas ce que tu veux devenir dans la vie, mais à ta place, je me ferais cartomancienne : non seulement tu rendrais service à tout le monde, mais tu ferais aussi fortune!

– Je crois que tu as raison, à ce correctif près que je me moque de l'argent alors qu'aider mon prochain doit être une vraie vocation.

Au moment où elle raccrochait le récepteur elle comprenait que l'idée qu'elle avait en tête depuis des années était la seule pouvant lui convenir malgré les affirmations contraires de sa grand-mère : il fallait qu'elle devienne voyante! N'était-ce pas tout aussi honorable que n'importe quelle autre profession? Puisqu'il existait des confesseurs pour les croyants, pourquoi ceux qui ne croyaient en rien ou qui ne mettaient plus toute leur confiance dans la foi ne recourraient-ils aux voyantes ou aux mages? Cet appel téléphonique de Béatrice ne venait-il pas également de prouver que son don de voyance n'était pas toujours maléfique et pouvait se révéler bénéfique à condition qu'elle n'hésite plus – par timidité ou par modestie – à avertir son prochain de ce qu'elle venait de voir le concernant et ceci avant que l'événement ne se produise. Si, n'étant plus une enfant, elle avait pu prévenir son père qu'elle venait de voir la pâleur de la mort sur son visage, peut-être aurait-il fait preuve de prudence et évité l'accident de voiture qui l'avait tué? Si, ayant vu le corps de son ami Jacques flotter entre deux eaux, elle l'avait empêché de monter dans la barque fatale au lieu de lui réclamer un nénuphar, il ne se serait sans doute pas noyé! Si, au lieu de proposer à son institutrice de l'accompagner au village, elle lui avait carrément dit : « Ne sortez pas aujourd'hui, la foudre vous guette », Mlle Blanc serait probablement encore de ce monde. Avec des si, on peut tout résoudre au mieux de l'intérêt général... Ce que Nadia ne savait pas encore – et que seule une longue pratique de la profession lui apprendrait plus tard – était qu'une voyante ne peut pas modifier les lois inexorables du destin. Son rôle se limite à informer celui ou celle qui doit subir cette loi pour qu'il soit au moins prévenu de ce qui l'attend.

A dix-huit ans, Véra se sentait déjà forte de son pouvoir mais ne connaissait pas l'amour. Il ne fut pas long à se présenter et cela à proximité du *Vieux Manoir*, dans cette Sologne où, décidément, tous les événements marquants de sa jeunesse semblaient devoir se produire.

C'était Véra qui, inconsciemment, avait fait naître le désir de retourner dans la maison familiale quand elle avait dit :

– Où aller en vacances cette année avant que tu ne te décides pour le choix d'une carrière? Vacances qui, après ton travail intense de cette année, me paraissent indispensables pour mettre de l'ordre dans tes idées.

– Il n'y a qu'un seul endroit où je pourrai vraiment me reposer et réfléchir dans le calme : notre *Vieux Manoir*.

— Tu tiens réellement à y retourner?

— Ça fait quatre années que le *Vieux Manoir* ne nous a pas revues! Il doit croire que nous l'avons définitivement abandonné et il doit nous en vouloir... Quand nous le retrouverons, ce sera à peine s'il nous reconnaîtra! Nous lui devons un séjour d'été.

— Ne crains-tu pas, maintenant que tu as pris goût à la vie parisienne, de t'y ennuyer? Veux-tu que nous y invitions certaines de tes amies, comme Béatrice par exemple, qui y apporteraient du mouvement et de la gaieté?

— Il n'en est pas question. Le *Vieux Manoir* me suffira amplement! J'y retrouverai mon piano qui doit être bien désaccordé et j'emporterai mon chevalet et mes pinceaux. Depuis que nous sommes à Paris j'ai complètement négligé la musique et la peinture. J'ai eu le plus grand tort! Je vais profiter de cette détente pour m'y remettre. Pour moi ce seront les meilleures vacances.

— Peut-être as-tu raison.

Le piano sonnait faux mais cela n'avait pas grande importance. L'essentiel n'était-il pas qu'il ramène la vie dans le manoir? Dès le lendemain de leur arrivée, après le déjeuner Nadia partit avec son chevalet et son matériel de peinture en disant à Véra :

— Le temps et la lumière sont rêvés pour peindre un sous-bois. Je vais retrouver mes chers arbres! Eux seuls peuvent me redonner le goût de peindre : quand j'en aurai placé quelques-uns sur une toile, j'aurai l'impression de ne les avoir jamais quittés.

Une demi-heure plus tard, assise sur son pliant devant la toile vierge posée sur le chevalet, elle commença à choisir ses couleurs, accompagnée en fond sonore par le chant des oiseaux qui fêtaient joyeusement son retour. Peu à peu les contours des arbres commencèrent à se dessiner sur la toile comme s'ils naissaient une nouvelle fois sous l'effet du pinceau. L'air était léger, Paris était loin, le temps et les amis ne comptaient plus : il ne restait que la nature avec sa douceur de vivre. Absorbée par l'art qu'elle essayait de retrouver touche par touche, Nadia ne remarqua même pas une présence qui s'était approchée tout doucement et qui dit derrière elle :

— Je crois que ce sera très joli...

Saisie, l'artiste resta pétrifiée sur son siège pendant quelques secondes. La voix était claire et enjouée : une voix plaisante. Enfin elle se retourna : l'homme souriait. Et au sourire s'ajoutait une silhouette élancée. Grand, brun, pouvant avoir vingt-cinq ans, il était vêtu d'un blouson de toile et d'une culotte de daim clair qui s'enfonçait dans de hautes bottes. Il portait aussi, retenu à l'épaule droite par une bretelle, un fusil.

— Vous chassez? demanda Nadia avec étonnement. Je croyais pourtant que la chasse n'était pas encore ouverte?

— Vous avez raison. Elle ne l'est à cette époque que pour les animaux nuisibles... Entendez par là ceux qui s'attaquent aux couvées ou au petit gibier encore incapable de se défendre, de s'enfuir ou de s'envoler vite... Disons plutôt que je me promène mais si la chance voulait qu'un renard se présente, j'avoue que je n'hésiterais pas! En fait de renard...

— Vous m'avez trouvée! Pas de chance! Je ne suis pas le gibier qui vous convient.

L'homme ne répondit pas et continua à sourire.

Un sourire qui semblait dire : « Qui sait? » Puis il se présenta : « Marc Davault. » Ce fut ainsi que Nadia fit, dans une clairière de Sologne, la connaissance de celui qui deviendrait un jour le mari de l'odieuse femme qui, dix années plus tard, se présenterait trois fois de suite à son cabinet. Cessant de sourire, il demanda :

– N'ayant encore jamais eu le plaisir de vous rencontrer dans la région, puis-je savoir à qui j'ai l'honneur de m'adresser?

– Nadia Derlon.

Le nom qu'avait prononcé l'homme lui disait quelque chose :

– N'est-ce pas vous qui avez acheté assez récemment, d'après ce que nous ont dit hier soir les gardiens de notre *Vieux Manoir*, la propriété voisine de la nôtre : *La Sablière?*

– Ce sont mes parents qui s'y sont installés avec la ferme intention d'y finir leurs jours dans le calme. Ma mère est originaire de la région.

– Comme l'était mon père. Je ne l'ai plus, ni ma mère qui était russe. Je vis avec ma grand-mère Véra.

– On m'avait dit, en effet, qu'il y avait deux dames, une très jeune et une plus âgée, à être propriétaires de ce *Vieux Manoir* mais qu'elles n'y étaient pas venues ces dernières années.

– Nous sommes arrivées hier soir pour les vacances.

– Et vous n'avez pas perdu de temps : vite, la peinture! C'est votre violon d'Ingres?

– J'aime aussi la musique et, en général, tout ce qui est beau... Vous, votre passe-temps favori, c'est la chasse?

— Moins que pour mon père mais que faire d'autre en Sologne ?

— Comme partout, on peut s'y occuper sans tuer des bêtes. Je déteste la chasse et les chasseurs !

— Me voilà fixé ! Voulez-vous que je m'en aille ?

— Je préférerais... Quand je peins, je n'aime pas du tout avoir quelqu'un dans mon dos qui regarde comment je m'y prends... Ceci d'autant plus que je ne suis qu'un très petit amateur et que je ne me suis pas servie d'un pinceau depuis quatre années !

— A voir ce que vous avez déjà réussi à mettre sur cette toile, on ne le croirait pas... Je me sauve en souhaitant cependant que nous puissions nous revoir un jour dans des conditions moins défavorables pour chacun de nous : vous devant votre chevalet et moi avec mon fusil ! Je ne vous dis pas « Bonne peinture ! » vous me répondriez « Bonne chasse ! » Un souhait qui ne doit jamais être formulé... A bientôt, peut-être ?

Elle ne répondit pas et ne le regarda pas s'éloigner. Le regard à nouveau fixé sur sa toile, c'était comme si elle n'avait même pas été dérangée. Mais elle eut beau porter son regard de la toile au paysage qu'elle voulait peindre et même aux mélanges de couleurs étalées sur la palette, elle ne voyait plus rien ou plutôt... Le visage de l'homme venait de réapparaître en filigrane sur la toile, recouvrant les ébauches d'arbres déjà faites. Un visage qui souriait et dont le regard la fixait avec une curiosité amusée pendant que la voix claire répétait derrière elle : *Je crois que ce sera très joli...* Une musique aussi agréable que le chant des oiseaux.

Au bout d'un quart d'heure, comprenant qu'elle ne ferait plus rien de bon cet après-midi, elle se leva, prit son matériel et rentra au *Vieux Manoir* où Véra l'accueillit en disant :

– Déjà terminé, ton tableau?

– Pas encore mais je sens que ce sera ma meilleure toile!

– Ça ne m'étonnerait pas... Chaque fois que l'on retrouve un art que l'on a délaissé pendant un certain temps, on travaille mieux. Rien ne vaut le repos! Hier soir, même sur le piano désaccordé, tu jouais très bien.

Le soir, pendant le dîner, Nadia ne dit rien.

– Songeuse? demanda Véra.

– N'est-ce pas normal? Je n'aurais jamais cru que ce retour au *Vieux Manoir* m'apporterait une telle émotion... Cela va te paraître très bête mais, déjà je n'ai plus envie de le quitter. Tu ne m'en voudras pas si je monte tout de suite me coucher? L'air de la Sologne m'a épuisée.

– Ça aussi, c'est normal.

Enfermée dans sa chambre, Nadia n'avait aucune envie de dormir. Assise sur son lit où elle avait étalé les cartes, elle s'offrait une réussite. C'était bien la première fois qu'elle se tirait les cartes en égoïste pour elle seule et pas pour aider quelqu'un d'autre.

Le voisin, rencontré dans la clairière, était là, sans aucun doute possible, dans son jeu. Mais il ne s'y trouvait pas seul. On y voyait aussi deux femmes qui s'y succédaient, l'une presque au début et l'autre un peu plus tard : la dame de trèfle et la dame de pique. Elle-même, Nadia, n'apparaissait que tout à fait au bas du jeu! Qu'est-ce que cela voulait dire?

Au premier moment où elle s'était retournée et l'avait vu, il s'était passé une chose fantastique : le

63

garçon lui avait immédiatement plu et ceci à un tel point que, quelques heures plus tard, elle en arrivait à se demander si elle ne l'aimait pas déjà? Et, s'il en était ainsi, elle tenterait tout pour l'aider à se débarrasser des deux rivales. Selon le jeu, la première, la dame de trèfle, disparaissait assez tôt de sa vie, peut-être grâce aux manigances de la seconde, la dame de pique? A partir d'un certain moment, on ne la voyait plus dans le jeu : c'était comme si elle s'évanouissait alors que la dame de pique y restait beaucoup plus longtemps. Avec elle la lutte serait sans doute plus âpre mais Nadia sentait déjà d'instinct que son amour serait tellement grand qu'il finirait par triompher. Elle s'endormit en sachant que s'il lui arrivait de rêver cette nuit, ce ne pourrait être qu'emportée par un merveilleux rêve : sur un accompagnement musical de chants d'oiseaux, elle verrait apparaître le Prince Charmant. Il n'aurait pas de fusil et elle-même serait une fée endormie depuis dix-huit années dans un bois au fond de la Sologne.

Elle le revit le dimanche sur la place du village, à la sortie de la messe. Il était avec ses parents, elle avec Véra. Les présentations furent faites, rapides, entre voisins. Dès qu'elles se retrouvèrent seules, Véra – qui, comme toutes celles qui ont un cœur de maman, subodorait très vite les vrais sentiments – eut de curieuses paroles :

– Ils font très bonne impression, ces gens-là... Le garçon est sympathique. Il a un regard franc et un sourire charmant... Ce pourrait être un nouvel ami pour toi. Pourquoi ne pas l'inviter à déjeuner un jour? Ça ferait un peu de jeunesse qui reviendrait au *Vieux Manoir*.

Il vint déjeuner et ensuite... Il se passa ce qui arrive souvent en pareil cas : ils se revirent tous les jours. Le souvenir du petit Jacques était effacé, il n'y avait plus que Marc.

Peu à peu la curiosité féminine apprit tout ce qu'elle voulait savoir : il avait vingt-trois ans, il faisait des études d'ingénieur et il était fils unique. Chaque fois qu'ils se séparaient, Nadia éprouvait une désagréable impression de vide. Brusquement la vie avait pris pour elle un tout autre sens; il n'y était plus question de solitude voulue. Les quatre années passées à Paris avaient déjà balayé pas mal de choses, mais ce n'était rien en comparaison de la présence de Marc. Comme cela s'était déjà passé sur la toile au cours de la première rencontre, quand le sourire de l'homme jeune s'était superposé à la rigidité des arbres, les amis ou amies du lycée n'étaient plus que des ombres.

Septembre vint avec ses teintes un peu nostalgiques qui parent la campagne de sa vraie beauté. Marc devait rentrer à Paris pour reprendre ses études. N'osant pas encore dire à Véra que, si Marc s'en allait, la Sologne l'enchanterait moins, Nadia répondit quand elle demanda :

– As-tu réfléchi sur la carrière ou la profession que tu aimerais?

– Je n'en ai pas eu le temps... Ces vacances ont été trop courtes. Mais de toute façon, ça ne change pas grand-chose à ce que je t'ai dit il y a quatre années avant que nous n'allions vivre à Paris et que tu avais estimé à cette époque n'être chez moi qu'un rêve utopique... Maintenant j'ai le droit de décider de mon avenir : je serai voyante!

– Ça te reprend, cette lubie?

— Elle ne m'a jamais quittée. Et ce n'est pas, comme tu le penses, une lubie! Ne m'as-tu pas dit maintes fois toi-même que, si nous savions nous montrer raisonnables, nous avions suffisamment de quoi vivre avec l'argent qui te reste de l'héritage qui m'est venu de mon père. Alors? Pourquoi vouloir absolument me lancer dans des études spécialisées qui me paraîtront fastidieuses et qui, en fin de compte et après beaucoup de temps, ne m'ouvriront que des portes banales sur lesquelles tout le monde se rue : avocate, médecin, pharmacienne comme doit le devenir Béatrice selon la volonté de ses parents, attachée de presse, public-relations, secrétaire de direction... Je sais d'avance que tout cela m'ennuiera à mourir! Tandis qu'être voyante, c'est tout autre chose! Et puisque j'ai la chance de posséder ce don, pourquoi ne pas le perfectionner?

— Comment cela?

— En apprenant à fond toutes les méthodes qui permettent d'utiliser un don naturel pour le mettre au service des autres... Car il ne saurait être question pour moi — je ne trouverais pas ça très honnête — de me faire payer pour les consultations. Je travaillerai uniquement pour l'art, pas pour le gain! Quand je serai installée et que j'aurai mon propre cabinet, tu verras que mon désintéressement se saura vite et que les gens viendront me trouver de partout!

— Je sais depuis longtemps que tu es une originale mais je ne croyais quand même pas que tu atteindrais un tel degré d'inconséquence! Te rends-tu compte de l'énormité que tu viens de dire! Tu seras assaillie d'importuns et de quémandeurs!

— Tant mieux! Ça me permettra de voir tout le

temps beaucoup de monde! Depuis que tu m'as fait goûter à la vie de Paris, j'ai pris en horreur la solitude.

– Tu as beaucoup changé, Nadia!

– Je ne le regrette pas : ne m'as-tu pas toi-même répété qu'il me fallait de la compagnie? J'ai déjà la tienne, bien sûr, mais je la mets à part : tu es ma famille... Seulement là aussi tu avais raison : on ne peut pas vivre uniquement avec sa famille! Aujourd'hui il me faut une autre compagnie.

– Penserais-tu déjà à te marier?

– Je sais que c'est encore beaucoup trop tôt. En attendant, je vais me lancer dans la voyance : ça m'occupera et, qui sait? Cela me facilitera peut-être les choses pour trouver un bon mari.

– Je serais très étonnée qu'il y ait un garçon sérieux souhaitant épouser une voyante! Les hommes détestent avoir pour compagne une femme qui voit plus loin qu'eux... Si tu veux vraiment être heureuse en ménage, donne toujours à l'homme de ton choix l'impression qu'il est intellectuellement le plus fort, même si cela n'est pas vrai.

– Mais pourquoi, si j'avais la chance de rencontrer l'homme de rêve, lui confier que je suis voyante? Il ne le saura pas et je pourrais, quand nous serions unis, lui rendre de grands services pour son travail et pour ses affaires sans même qu'il s'en doute. Il aurait une sorte de fée des temps modernes à ses côtés : ne serait-ce pas merveilleux?

– L'ennui serait, s'il arrivait qu'il te trompe un jour, que tu le voies aussi et tout de suite!

– Cela ne changerait rien à notre amour puisque, voyant s'approcher le danger, je saurai y parer avant qu'il ne soit irrémédiable.

– Tu crois ça!

— Je le crois parce que je connais très bien maintenant la force et la véracité de la voyance. Je ne t'en ai jamais parlé pour que tu ne t'inquiètes pas en te disant que ta petite-fille déraisonnait mais, pendant ces quatre années que nous venons de vivre à Paris, j'ai continué à pratiquer la voyance en cachette et surtout à apprendre à lire dans les cartes comme toi tu n'as jamais su le faire. Il n'y a pas si longtemps, j'ai fini par comprendre que, quand j'avais une vision, elle pouvait être maléfique si je ne prévenais pas à temps l'intéressé ou bénéfique si j'intervenais avant que l'événement ne se produise.

— Bénéfique?

Véra eut un sourire :

— Dis-moi : serait-ce une vision qui t'a incitée à me dire que tu ne voulais passer ces vacances qu'au *Vieux Manoir* parce que tu savais déjà que ce ne serait qu'ici en Sologne et dans un bois que tu rencontrerais un garçon comme Marc?

Pendant un instant, Nadia demeura interdite mais, très vite, elle se reprit :

— Ça, non! Je l'avoue... Mais c'est normal : depuis longtemps aussi j'ai compris que mon don ne me permettrait de voir que ce qui se produirait pour les autres et pas pour moi-même... C'est peut-être mieux qu'il en soit ainsi pour moi, sinon ce serait épouvantable! Ma vie deviendrait infernale! Sachant à l'avance tout ce qui doit m'arriver, je n'oserais plus rien faire ni rien entreprendre, je ne serais plus qu'une sorte de morte vivante qui attend le moment où va surgir l'événement et qui le redoute... Je me demande d'ailleurs si tous ceux qui voient sont comme moi? Je le leur souhaite, sinon je les plains! Comment peut-on exercer avec sérénité un pareil métier à l'égard d'autrui si l'on est soi-même obsédé par ce qui va nous arriver? Je suis à peu près certaine qu'une voyante ne peut pas travailler pour elle-même, sinon elle n'exercerait jamais! C'est pourquoi, quand tu me parles mariage, je dois me montrer très prudente et n'accepter pour époux qu'un homme que je connaîtrai à fond et à son insu par ce qui lui est déjà arrivé dans son existence avant que je ne le connaisse ou ce qui devra lui arriver quand nous vivrons ensemble et nullement par ce qui doit m'arriver à moi que je ne verrai jamais avant que ça ne se produise.

– Si tu envisages le mariage sous cet angle, je crains fort qu'il ne survienne jamais!

– C'est possible mais, à la longue, je finirai bien par me consoler d'être restée vieille fille.

– De plus en plus folle!

– Toi-même, mamie, tu as gardé un bon souvenir de ton mariage?

– J'ai été très heureuse et ce fut trop court! J'ai adoré ton grand-père que tu n'as pas connu et j'ai aimé ta mère. Sais-tu quel est le meilleur souvenir qui me reste aujourd'hui de mon union? Toi...

– Moi aussi je t'aime, grand-mère, comme personne au monde ne l'a fait et ne le fera jamais!

– Oui, toi... avec ton enfance que je me suis efforcée de choyer du mieux que j'ai pu, avec ta jeunesse qui commence à s'épanouir et même avec ta folie de voyance parce que, moi aussi – je ne t'en ai jamais parlé avant que tu ne me le confies toi-même – j'ai compris depuis longtemps que tu possédais ce même don qu'avait ma mère. C'est l'héritage slave assez fabuleux, mais inquiétant, qu'elle t'a laissé... Et je me disais en secret « Pourvu que ce ne soit pas vrai! » Malheureusement, ça l'est : tu es une voyante-née... Mon Dieu, qu'allons-nous devenir ?

– Il pourrait y avoir des choses pires ! On dirait que c'est pour toi une catastrophe alors que tu devrais plutôt être très fière ! N'est pas voyante qui veut ! Bientôt ta petite-fille sera célèbre... Ça ne t'enchante pas ?

– Pas tellement... Mais enfin, puisque tu ne démords pas de ton idée, il faudra bien que j'en prenne mon parti. Tout à l'heure tu disais qu'il allait te falloir apprendre sérieusement ton métier avec un maître... Seulement crois-tu que ça existe, un « professeur de voyance » ?

– Peut-être pas un professeur mais un grand professionnel qui m'apprendra tout ce que je n'ai pas pu découvrir toute seule pour utiliser au mieux mes possibilités naturelles. Mais je ne veux pas d'un professeur femme ! Dès qu'elle me verrait, elle serait jalouse parce que je suis plus jeune et sûrement plus jolie qu'elle et elle s'arrangerait pour me dégoûter de la profession !

– Qu'en sais-tu ? Peut-être existe-t-il de très gentilles et très belles voyantes ? Ma mère était une beauté.

– Mais elle ne se servait de son don qu'en amateur, et pas en professionnelle ! Toutes les voyantes dont j'ai vu jusqu'à présent les photographies sur les journaux spécialisés sont, à de rares exceptions près, vieilles et laides... De vrais hiboux ! Dès que nous serons arrivées à Paris, je me mettrai en chasse – c'est le cas de le dire – non pas pour trouver des oiseaux de nuit mais un spécialiste qui soit d'abord d'un physique agréable. Ce ne sera qu'ensuite que mes vraies études commenceront.

– Curieuses études ! Enfin... Et qu'est-ce que tu

vas dire à tes amis de Paris : que tu te lances dans la voyance? Ils ne vont plus du tout te prendre au sérieux!

— Je leur ferai croire que je fais des études de « psychiatrie ». C'est là un mot qui produit toujours beaucoup d'effet... Ce dont ne se doutent pas la plupart des gens, c'est qu'ils feraient beaucoup mieux, s'ils se sentent déprimés ou si quelque chose ne tourne pas rond chez eux, d'aller consulter une authentique voyante, comme je le deviendrai, plutôt que de se laisser embobiner par les prétendus tests de psychiatres qui sont tous plus fous les uns que les autres!

— Et Marc, tu l'oublieras?

— Pas du tout! Lui aussi rentre demain à Paris pour ses études et comme nous avons décidé de nous y revoir, ça ne m'ennuie pas du tout de faire comme lui.

Ce que Nadia ne confia pas à Véra fut que Marc avait été le dernier ressort, et le plus fort, qui l'avait définitivement décidée à se lancer à fond dans cette voyance qui – elle en était convaincue – lui permettrait d'assurer son bonheur futur. Jour après jour, elle verrait dans les cartes ce qui risquait d'arriver de bien ou de fâcheux à celui dont elle était devenue éperdument amoureuse. Un grand amour, cela ne doit-il pas être protégé tout le temps? Sinon, ça sombre.

« Le maître » fut vite trouvé : le mage Raphaël. Il était déjà célèbre et possédait une vaste clientèle aussi solide que fidèle. Sa réputation d'honnêteté professionnelle était grande. Certes, il faisait payer ses consultations mais ne faut-il pas qu'un mage vive – ne serait-ce que pour pouvoir continuer à aider ses adeptes – quand il n'a pas de fortune personnelle comme c'était le cas pour Nadia? Le mage Raphaël offrait également l'avantage, grâce à sa chevelure toute blanche et à sa barbe fleurie, de ne plus avoir d'âge : il pouvait être le grand-père et même l'arrière-grand-père de Nadia. Il devait ressembler au mari de cette voyante de la famille qu'elle n'avait pas connue. Il avait reçu très gentiment la jeune fille et l'avait laissée parler. Mise en confiance, elle lui avait tout dit avec franchise, racontant ses visions, sa conviction profonde de posséder le don de voyance et son désir de persévérer dans la seule profession pour laquelle elle se sentait des aptitudes, son désir ardent aussi de connaître à fond le difficile métier et la nécessité où elle était de trouver un vrai professionnel qui saurait la guider. Quand elle eut terminé, il dit en souriant :

– Voilà au moins une visite qui me change de celles qui se succèdent ici! C'est très réconfortant de se trouver en présence d'une charmante jeune femme qui non seulement ne vient pas vous demander des conseils pour ses problèmes sentimentaux mais qui rêve, au contraire, de s'occuper de ceux des autres... J'avoue que c'est d'autant plus nouveau pour moi qu'en vieillissant je me suis souvent demandé si je parviendrais à trouver un jour quelqu'un qui soit désireux de me succéder en assurant la relève?

– Mes ambitions sont beaucoup plus limitées et je n'ai nullement l'intention de faire de cette profession mon gagne-pain. J'habite avec ma grand-mère que j'adore et, aussi bien elle que moi, nous avons de quoi vivre. Ce que je souhaite, c'est acquérir toutes les connaissances d'une professionnelle pour pouvoir en faire bénéficier gracieusement mes amis ou relations.

– C'est là un sentiment qui vous honore et qui m'incite à penser que vous devez effectivement, comme vous le dites, posséder le don sans lequel vous ne pourriez arriver à rien. Disons que vous êtes déjà possédée par la grâce de la divination... Seulement, méfions-nous aussi de l'amateurisme!

– Et je sais que je ne pourrai jamais succéder à un mage de votre qualité!

– C'est là une chose que nous verrons plus tard, quand vous aurez appris.

– Je comprends très bien aussi que votre temps soit compté.

– Hélas oui! Je n'ai pas, comme vous, la chance d'avoir une fortune personnelle : ce qui me contraint à faire payer mes consultations.

– Si vous acceptiez de me prendre pour élève, je trouverais très normal que vous me demandiez une juste rémunération pour l'enseignement que vous me donneriez. Toutes les études coûtent cher, c'est connu! Au lieu d'être dans une grande école ou dans une faculté comme ceux ou celles de mon âge, je ferais ces études chez vous.

– Ne parlons pas de ça, voulez-vous? Savez-vous que c'est très rare de rencontrer quelqu'un de votre génération qui souhaite embrasser ma profession? Les jeunes d'aujourd'hui ne croient plus à rien : ils sont trop pratiques, trop terre à terre, ne pensant qu'à l'argent et déjà à la retraite future alors qu'ils ont à peine vingt ans! On a tout fait pour les dégoûter du rêve et des sciences occultes... Alors comment voulez-vous qu'ils aient envie de se pencher sur les problèmes de cœur des autres? Vous, vous avez la chance d'avoir la flamme, ce qui est déjà un premier atout. Si je parvenais à ajouter à cette fougue juvénile les fruits de mon expérience, peut-être pourriez-vous devenir l'une des plus surprenantes voyantes de notre temps.

– Quelles sont les grandes bases du métier?

– Pour pouvoir le pratiquer avec quelque chance de succès il faut être sérieuse, franche, sincère et posséder, en plus du don de voyance, ce que j'appelle « le don d'accueil ». Vous n'avez pas idée comme c'est important pour une voyante ou pour un mage que de se montrer toujours affable avec le client qui se présente et qui n'est, la plupart du temps, qu'un malheureux ou un anxieux ayant besoin d'un réconfort immédiat. Il doit trouver un certain apaisement dès le premier moment où il entre dans votre cabinet. Cela ne sera possible que grâce à votre propre personnalité... Réconfort qui jaillira de votre regard, de votre sourire, de votre compréhension... Réfléchissez à ce qui s'est passé tout à l'heure quand nous nous sommes trouvés en présence pour la première fois. J'ai tout de suite compris que je vous inspirais confiance, sinon vous ne m'auriez pas dit d'emblée tout ce que vous m'avez avoué sur les voyances de votre jeunesse et que vous n'avez pas dû révéler à beaucoup de gens! Est-ce exact?

– C'est vrai.

– Réciproquement, moi aussi, j'ai sympathisé avec vous dès la première seconde et je me dis maintenant : « Voilà au moins une jeune personne qui ne me raconte pas d'histoires. » C'est pour cela que nous nous entendons déjà pas trop mal... Quand ce climat de compréhension réciproque est créé on peut commencer à travailler utilement. S'il n'existe pas, quand vous aurez un consultant ou une

consultante devant vous, vous verrez qu'aucun courant ne passera! Vous aurez beau utiliser tous les procédés de voyance, vous n'arriverez pas à voir ce qui se passe ou se passera dans l'existence secrète de ceux qui ont pourtant besoin de vous. Votre propre cerveau sera obnubilé par une sorte de brouillard impénétrable... Vous-même souffrirez atrocement d'être dans cet état et ça ne servira à rien d'insister; mieux vaudra alors abandonner la consultation, quitte à perdre le client et même à vous faire de lui un ennemi. Vous saisissez?
— Très bien.
— Et vous persistez quand même à vouloir entrer dans notre étrange corporation?
— C'est mon souhait le plus cher!
— Tant pis! C'est vous qui l'aurez voulu! Donnez-moi la main...
Quand la petite main, très fine, fut dans celle, large et parcheminée du vieil homme, il dit en la serrant fort comme s'il allait la broyer :
— Le pacte est signé. Je vais tenter de faire de vous quelqu'un qui sait voir... Je vous promets que vous deviendrez le prodige de mes vieux jours! Je veux faire de vous un chef-d'œuvre... Mais il faudra bien m'écouter.
— C'est promis.
— Quand commençons-nous?
— Aujourd'hui si vous le voulez.
— J'ai encore trop de clients qui attendent. Venez demain à 19 heures lorsque mes consultations de la journée seront terminées. Ensuite vous serez là tous les jours à la même heure, à l'exception cependant du dimanche. Ce n'est pas que j'aie un respect particulier pour le jour du Seigneur, mais le dimanche je dors. Ce qui me permet de recharger ma

vieille batterie d'accumulateurs psychiques. Ça aussi c'est très important dans la profession : le nombre d'heures de sommeil. Je pense qu'à votre âge vous n'avez pas de problème à vous poser de ce côté?
— Aucun.
— Au mien, c'est différent! Quand je vous ai dit « je dors le dimanche », j'aurais mieux fait de préciser : « j'essaie de dormir... » A demain.
— Au revoir, monsieur Raphaël... et merci!

La première chose que Nadia confia à Véra, dès qu'elle la revit, fut :
— Mamie, je crois avoir trouvé un grand allié qui va m'aider à réussir.
— Comment est-il, ce mage?
— Il te plairait : un vrai grand-père avec une belle barbe blanche. Peut-être sera-t-il le Père Noël de mon avenir? Il me donne ma première leçon demain soir.
— Tu as confiance en lui?
— Oui.
— Alors, bonne chance!

La « leçon » fut plutôt un monologue du patriarche que l'élève écouta avec beaucoup d'attention :
— Ce qu'il faut d'abord faire quand un client ou une cliente vient nous consulter, c'est d'essayer de localiser psychologiquement le visiteur. Et on ne peut y parvenir qu'en le faisant parler : il faut qu'il se livre mais sans s'en rendre compte lui-même. Ceci par petites touches successives, par quelques mots répondant à certaines questions d'apparence banale et anodine que vous aurez posées sans paraître leur donner la moindre importance. Ce qui

évitera que le client ne se renferme dès le début dans un système de défense. N'oubliez jamais qu'il ne vient presque toujours la première fois qu'avec une réelle méfiance! Pour lui, si vous ne parvenez pas à trouver, dès la première consultation, une ou deux réponses susceptibles de satisfaire son anxiété ou son angoisse, ce sera une consultation sans lendemain : vous ne le verrez plus! Il ira trouver une autre voyante, beaucoup moins honnête et moins scrupuleuse que vous, qui lui dira n'importe quoi qui lui fasse plaisir. Cela avec l'unique intention de lui donner l'envie de revenir et de l'incorporer dans son fonds de clientèle attitrée qui assure la rentabilité régulière de son cabinet.

– Quel genre de questions devrais-je poser?
– Les plus simples possible : par exemple, vous demanderez au client s'il est généralement en bonne santé, s'il a bon appétit, s'il a une croyance religieuse, s'il est heureux ou malheureux, etc. Pour chacune de ces questions et des réponses, presque toujours les mêmes, qui y sont faites, il existe une clef assez infaillible que les vieux de la profession comme moi connaissent et que je vous dévoilerai progressivement... C'est d'ailleurs la même méthode qu'emploient les psychiatres des temps actuels qui ne font, au fond, que copier ce que les mages ou devins ont fait depuis des siècles dans tous les pays et dans toutes les civilisations du monde. Il n'y a rien de bien nouveau sous le soleil! Les médecins eux-mêmes l'ont fait avant les psychiatres : dans des temps pas tellement reculés, un roi, un prince ou quelqu'un d'illustre attachait à sa propre personne, et moyennant finances, un mage qui jouait également le rôle de médecin particulier conseillant

les remèdes, potions ou élixirs de toutes provenances. Inutile de vous dire que, le plus souvent, ces bons offices frisaient le charlatanisme !

» ... Le mage ou la voyante d'aujourd'hui doit opérer un peu comme un médecin généraliste. Le bon généraliste est celui qui possède un diagnostic lui permettant, si c'est nécessaire, d'orienter son malade vers tel ou tel spécialiste. Chez nous, pas besoin de spécialiste ! Une fois le diagnostic établi, le mode de voyance utilisé – et choisi par le consultant lui-même – le remplace. Ce n'est qu'à partir de cet instant que vous pouvez consulter la boule de cristal, le marc de café, les tarots, les cartes ordinaires ou tout autre procédé qui vous permettra de pénétrer dans la vie passée, présente ou future du client. A ce propos vous m'avez bien dit hier que vous vous étiez exercée, depuis un certain nombre d'années déjà, dans la voyance à travers les cartes et que cela vous avait apporté des résultats assez probants ?

– C'est la vérité.

– Vous commencerez donc à travailler, sous mon contrôle, avec les cartes. Ceci dès demain... Voici comment nous opérerons : après avoir regardé mon livre de rendez-vous, j'y ai repéré que demain à 17 heures je reçois la visite d'un client très fidèle qui vient régulièrement me consulter une fois par mois depuis des années. C'est vous dire que je pense bien connaître ses tourments et ses difficultés. C'est un fervent des cartes dans lesquelles il a toujours eu confiance. Ce client est devenu pour moi un ami. Ce sera vous qui assurerez le diagnostic de demain. Quand il arrivera, je lui dirai que je suis en train de former une élève qui me paraît particulièrement douée et que j'ai l'intention de lui faire passer un test pratique : me connaissant, il acceptera que vous me remplaciez. Bien entendu, j'assisterai à la consultation pour corriger vos erreurs si vous en faisiez mais je souhaite n'avoir rien à dire : ceci prouvera qu'il n'y a pas de critique à vous faire. Je ne vous expliquerai rien au sujet de ce client : ce sera à vous seule de déceler qui il est et ce qui le concerne. Etes-vous d'accord pour tenter cette première expérience qui constituera une sorte d'examen de passage?

– Entièrement d'accord.

– Alors soyez là au plus tard à 16 h 45. C'est un client toujours exact. A demain.

A l'heure dite Nadia fut introduite dans le cabinet par M. Raphaël qui avait obtenu l'assentiment du client. Quand celui-ci, qui était un homme d'une cinquantaine d'années ayant bonne allure, vit la jeune fille, il eut un sourire indiquant que l'expérience tentée l'amusait presque. Après avoir fait les présentations sans révéler le nom du visiteur, le mage céda son propre fauteuil à Nadia qui se trouva face à face avec le client. Et, s'asseyant lui-même sur une chaise placée de côté, M. Raphaël dit :

– Maintenant, ma chère élève, nous vous écoutons...

Les cartes furent battues par Nadia, puis coupées par le client avant d'être étalées et retournées par l'apprentie voyante. Ce fut le silence pendant lequel le mage regardait lui aussi le jeu d'un peu plus loin. Nadia parla enfin avec une réelle assurance :

– On peut affirmer, monsieur, que jusqu'à présent vous n'avez connu dans votre vie que des ennuis relativement mineurs : quelques petits soucis d'argent qui se sont heureusement atténués, une assez sérieuse peine de cœur survenue alors que vous étiez encore jeune et que vous avez su surmonter. Dans l'ensemble vous êtes un homme équilibré, sain d'esprit, raisonnable, jouissant d'une bonne santé...

Brusquement elle se tut et son visage devint grave avant qu'elle ne recommence à dire :

– Et pourtant...

Une nouvelle fois elle demeura silencieuse. Son regard allait alternativement du jeu au client.

– Qu'est-ce qui vous tourmente? demanda Raphaël.

– Rien... Je dois me tromper... Puis-je refaire la voyance?

– Je vous en prie, dit le client toujours aimable.

Le rite des préliminaires recommença et ce fut la même chose. A un moment le visage de Nadia redevint grave :

– Je m'excuse, monsieur, mais je préfère ne pas poursuivre. Je ne sais pas ce que j'ai : je suis comme dans une brume et je ne vois plus rien.

– Ce n'est pas grave, dit Raphaël. C'est ma présence à vos côtés qui vous gêne... Cela se produit fréquemment quand deux voyants se penchent simultanément sur un même jeu. C'est pourquoi, tous tant que nous sommes, nous préférons travailler seuls face au consultant. Pour vous, Nadia, il vaut mieux ne pas insister ce soir. Rentrez chez vous et revenez demain à l'heure habituelle pour continuer votre apprentissage. Je vous expliquerai alors dans le calme ce qui s'est passé aujourd'hui... Après votre départ je vais reprendre cette consultation avec Monsieur et ce sera bien le diable si je ne parviens pas à franchir l'obstacle qui vous gêne!

Mon client, à qui j'ai bien précisé que vous n'étiez qu'une débutante, vous pardonnera certainement.
— Cela va de soi, dit le client.
— Au revoir, mon enfant.

Quand elle rentra chez elle, Nadia était effondrée :
— Mamie, c'est épouvantable! J'ai raté mon examen de passage.
— Qu'est-ce que tu racontes?
— Jamais je ne serai une vraie voyante!
— C'est ton professeur qui te l'a dit?
— Pas explicitement mais il me l'a fait comprendre avec gentillesse.
— Donc, ça s'arrangera! J'ai toujours été convaincue qu'il fallait des années de travail et d'expérience pour devenir une bonne voyante. Seulement vous, les jeunes, vous voulez aller trop vite, convaincus que vous êtes d'avoir la science infuse! Tu le revois demain?
— Oui.
— Ce qui prouve qu'il a encore beaucoup de choses à t'apprendre! Et j'en suis ravie : ce n'est qu'en forgeant que l'on devient forgeron...
— Je t'en prie!

— Asseyez-vous, Nadia, dit M. Raphaël. J'ai reçu, il y a environ deux heures, une communication téléphonique qui m'a fait comprendre qu'il ne sera pas nécessaire de renouveler l'expérience que nous avons tentée hier... Maintenant que nous sommes seuls, dites-moi la vérité : qu'aviez-vous découvert dans le jeu qui vous a troublée deux fois de suite à ce point-là?
— Au moment même où je venais de voir que

votre client avait une bonne santé, la mort s'est présentée pour lui, toute proche de l'instant où nous étions, presque imminente... Aussi n'ai-je plus osé parler.

— Vous avez bien fait : ça n'aurait rien changé. L'appel téléphonique provenait de sa femme, que je connais également, m'annonçant que ce matin elle l'avait trouvé mort dans son lit, terrassé par une crise cardiaque. Notre seule consolation est qu'il n'a pas dû avoir eu le temps de souffrir... Comme l'a laissé prévoir votre voyance, si ce n'était pas aussi triste, nous pourrions dire qu'il est presque mort en bonne santé! C'était un excellent homme. Je déteste voir disparaître mes clients. La seule conclusion que nous puissions tirer de cet événement est que vous êtes, sans contestation possible, douée d'un don de voyance assez rare. Je m'en doutais un peu depuis la première seconde où je vous ai vue mais je viens d'en avoir une éclatante confirmation.

— C'est horrible, un don pareil!

— Ce sera votre réussite... N'est-ce pas la seule chose qui compte pour vous?

— Mais vous, quand vous lui avez fait la voyance après mon départ, qu'est-ce que vous avez vu?

— Qu'il était sur le point de mourir...

— Et... Vous ne lui avez rien dit?

— Vous savez, le cas n'est pas nouveau pour moi : il s'est présenté maintes fois depuis que j'exerce. Aussi ai-je jugé plus sage et surtout plus humain de rester muet devant le client. Dans ces moments-là nous devons nous conduire comme les médecins : lorsqu'ils se trouvent devant un grand malade ou un opéré ayant encore sa lucidité et dont ils savent pertinemment qu'il n'a plus pour longtemps à vivre, ils ne lui révèlent pas la vérité. On n'a pas le droit de dire à un être s'accrochant désespérément à la vie qu'il va mourir... Je vous félicite : vous avez agi en femme de cœur. N'oubliez jamais cette expérience : elle se reproduira certainement pour vous! Pensez aussi aux voyances dont vous m'avez parlé quand vous êtes venue me voir et qui annonçaient, alors que vous n'étiez encore qu'une enfant, les disparitions prématurées de votre père et d'un camarade de jeunesse... A quoi cela aurait-il servi, si vous aviez été alors en âge de comprendre et d'être écoutée, de mettre les intéressés sur leurs gardes? A rien! Certes, nous voyons, nous prévoyons même mais jamais aucune voyante ou aucun mage au monde n'a pu empêcher les décisions du Destin de s'accomplir quand le moment fatidique arrive... Puisque nous pouvons laisser de côté les cartes ordinaires que vous connaissez aussi bien que moi, je vais commencer à vous apprendre à utiliser les tarots. Dès que vous serez devenue experte dans ce mode de voyance, nous passerons aux taches d'encre, à la boule de cristal et à tous les autres moyens dont vous aurez peut-être besoin pour faire une grande carrière.

Les « études » se poursuivirent de semaine en semaine et de mois en mois sans que les amis de Nadia, à l'exception toutefois de Véra, pussent se douter de la nature même de ces études. Pour tous, Nadia se destinait à devenir psychiatre et personne ne la prenait très au sérieux. Quand ils la retrouvaient dans de joyeuses parties ou sorties, rares étaient ceux qui ne disaient pas en se moquant un peu d'elle :

– Tiens, voici « notre » psychiatre! Dites-moi, docteur, je suis très ennuyé... Il y a une fille qui me plaît beaucoup, qui se prénomme Nadia et qui ne semble même pas me prêter la moindre attention! Que dois-je faire pour l'amener à compréhension?

Comme eux, elle riait mais elle savait que ce ne serait que grâce à son secret qu'elle deviendrait un jour la compagne du seul homme qui l'intéressait et qu'elle aimait d'un amour de plus en plus fou...

Marc aussi la raillait, mais plus gentiment. En réalité il ne pensait qu'à ses études et il avait l'esprit trop précis, trop mathématique aussi, pour croire au pouvoir de la voyance. Il ne sortait avec Nadia qu'une ou deux fois par mois mais elle rentrait chez elle toujours un peu inquiète. Elle avait l'impression qu'il se montrait de plus en plus réticent et même distant à son égard comme quelqu'un qui chercherait à tout prix à garder sa liberté. Mais, amoureuse comme elle l'était, elle mettait très vite cette réserve sur le compte de la timidité qu'elle croyait avoir décelée chez lui. Enfin, les cartes ne se trompent pas! Après chaque sortie en sa compagnie elle étalait le jeu qui continuait à lui révéler régulièrement qu'un moment viendrait, assez lointain d'ailleurs, où la dame de cœur entrerait pour de bon dans sa vie.

Une occasion inespérée d'être plus longtemps auprès de son amour se présenta grâce à Béatrice, la sportive, que Nadia avait présentée à Marc quelques jours après leur retour à Paris. Presque immédiatement Béatrice et Marc avaient parlé de performances sportives, ce qui avait amusé Nadia qui ne se passionnait pour aucun sport, au plus grand regret de sa meilleure amie et même de Marc. De sport en sport on en vint à penser aux sports d'hiver. Avec cette rapidité que possède la jeunesse pour prendre une décision, un projet fut adopté : en février prochain toute la bande irait faire du ski dans les Hautes-Alpes. Nadia elle-même serait de l'équipée.

– Il est grand temps que tu t'y mettes! avait affirmé Béatrice. Sinon ce sera trop tard et tu ne skieras jamais!

Comme Marc avait approuvé, Nadia avait cédé : ne devrait-elle pas un jour se trouver partout où il serait et aimer ce qu'il aimait?

Février arriva vite et, avec lui, le joyeux départ dans le train de Briançon encombré de skieurs. La bande, où Marc faisait figure d'aîné, en comptait à elle seule une douzaine, garçons et filles, qui avaient réservé des chambres dans un petit hôtel de Montgenèvre. Des chambres doubles et même triples : les filles coucheraient avec les filles et les garçons avec les garçons. Nadia et Béatrice partageaient la même chambre. Pendant le voyage dans le train de nuit on avait beaucoup ri. Tout le monde sauf Nadia qui s'était aperçue d'une chose qui l'avait, sinon mortifiée, du moins agacée; Béatrice n'avait pas cessé de tout essayer pour se faire remarquer par Marc. Ce qui sembla d'autant plus stupide à Nadia que, par ses voyances renouvelées sur ce qui pouvait survenir dans la vie du garçon, elle savait que Béatrice n'avait aucune chance d'entrer dans l'existence de celui qu'elle-même, Nadia, considérait déjà comme devant lui appartenir un jour à elle seule. Mais il lui était très difficile aussi de laisser voir son mécontentement : jamais, depuis qu'elle était revenue de Sologne, elle n'avait fait la moindre confidence à son amie sur le sentiment très fort qu'elle éprouvait pour Marc. Elle avait su garder son grand secret farouchement, estimant que son bonheur futur ne regardait personne. Quand elle

avait présenté Marc à Béatrice quelques mois plus tôt elle avait répondu à son amie qui lui avait demandé : « Comment l'as-tu connu? Il n'est pas mal du tout! »
— C'est un voisin de campagne, en Sologne.
— Il me plaît beaucoup. Et à toi?
— Oh! Moi... je suis prudente.

Mais le voyage Paris-Briançon lui fit changer d'avis. Même si Béatrice ne lui semblait pas encore être un réel danger, il fallait prendre quelques précautions. Et comment une véritable amoureuse ne serait-elle pas dévorée de jalousie? Ce dont elle ne se rendait peut-être pas compte, c'est que ce sentiment terrible, qui permet toutes les audaces et qui excuse tous les excès, venait de s'introduire dans son cœur. Sa meilleure amie flirtant avec « son » Marc lui paraissait être une indécence, pire que cela même : une trahison! Aussi ne perdit-elle pas de temps. Alors qu'elles s'installaient dans la chambre d'hôtel, elle demanda de sa voix douce et sur un ton qu'elle s'efforça de rendre le plus détaché possible :

— Marc te plaît vraiment? Je ne vois pas ce qu'il a d'attirant... Moi qui l'ai connu avant toi, je peux te certifier qu'il est le type même du garçon dont on se fait un bon camarade mais avec qui ça ne peut pas aller plus loin. Il est plutôt égoïste, tu sais... Il ne pense qu'à sa future carrière! Pour lui les femmes ne sont actuellement qu'un passe-temps.

— Même comme passe-temps, je me contenterais de lui!

— Comment une fille aussi équilibrée que toi peut-elle dire une chose pareille?

— Justement parce que je le trouve, lui aussi, équilibré.

C'était inquiétant. Béatrice avait dû être tout de suite attirée par Marc, comme elle Nadia, dès le premier instant où elle l'avait vu. Le plus inquiétant n'était-il pas que son amie devait l'aimer pour les mêmes raisons qu'elle! Le mécanisme de la jalousie n'est pas long à déclencher celui de la rouerie :

— Je reconnais qu'il n'est pas mal de sa personne mais enfin la beauté physique ce n'est pas tout! Il y a le reste... Note que je comprends très bien ce qui te plaît en lui : son allure sportive et ses goûts pour le sport... Seulement le sport ce n'est pas suffisant pour meubler toute une existence.

— Qu'est-ce qui te fait croire que j'ai envie de le garder auprès de moi pendant toute une existence? Comme toi je suis prudente mais j'avoue qu'une aventure avec lui serait assez tentante...

Une aventure? Cela signifiait que Béatrice n'aimait pas vraiment Marc alors qu'elle, Nadia, savait qu'elle se refuserait à tout autre homme et qu'il serait le seul de sa vie. Ce qui tenaillait son amie, c'était la curiosité ou le désir, rien d'autre. Après, quand elle en aurait assez, elle lâcherait Marc! C'était pitoyable à l'égard d'un homme pareil! Brusquement une pensée jaillit, tout de suite obsédante : pourquoi Béatrice ne serait-elle pas l'une de ces deux rivales, la dame de trèfle ou la dame de pique que les cartes lui avaient fait découvrir dans son jeu? Ce serait épouvantable si l'une de ces femmes était sa meilleure amie de jeunesse! Que faire? Une remarque de Béatrice l'arracha à ses pensées :

— Nous ne sommes pas venues ici pour parler d'amour mais pour faire du ski. Demain matin je te donnerai ta première leçon. Tu as de la chance : la neige est bonne, rêvée pour des débuts... Je vais chausser mes skis et l'essayer tout de suite : à mon retour je te donnerai mes impressions... Tu ne peux pas savoir encore ce que c'est que de dévaler les pentes après des mois d'engourdissement : la plus fabuleuse des griseries! Dans trois ou quatre années, quand tu seras bien rodée, toi aussi tu y prendras goût... Je rentrerai pour le dîner.

— Tu pars seule?
— La première fois, toujours! D'ailleurs je suis certaine que tous les autres, à l'exception de toi, sont déjà sur les pistes. Chaque seconde compte pendant les vacances de neige. A tout à l'heure.

Restée seule dans la chambre, une fois encore Nadia étala le jeu qu'elle avait emporté et dont elle ne se séparait jamais, comme si c'était un talisman. Et elle se retira les cartes une nouvelle fois : les deux rivales s'y trouvaient toujours ainsi qu'elle-même, en dame de cœur, au bas du jeu. Béatrice pouvait très bien être l'une des deux autres, mais laquelle? La dame de trèfle ou la dame de pique? Si elle était la première, son passage dans la vie de Nadia serait de courte durée, mais, si elle était la seconde, ce serait pendant une période beaucoup plus longue qu'elle essaierait de voler Marc avant qu'il ne lui revienne définitivement, à elle, Nadia...

Quand Béatrice rentra à la tombée de la nuit, Nadia n'était pas dans la chambre. Elle ne se trouvait pas non plus dans le hall, ni au bar avec tous les autres réunis avant le dîner.

— Où est Nadia? demanda Béatrice.
— Ne t'inquiète pas trop pour elle, répondit Sylviane. Elle est partie, voici plus d'une heure, faire un tour dans la station en compagnie de Marc. Ils ont dit qu'on ne les attende surtout pas pour le

dîner. Ça tombe bien parce que je meurs de faim! Si nous passions à table?

Quand la bande fut rassasiée, tous n'eurent plus qu'un désir : aller dormir.

— Je me demande à quelle heure ils vont bien pouvoir rentrer? dit Béatrice. C'est stupide de traîner ainsi le premier soir! Ils doivent être dans une boîte ou dans une discothèque... Et comme ils se coucheront tard, Nadia sera incapable de se lever demain matin de bonne heure pour prendre la première leçon que je voulais lui donner. Tant pis pour elle! Si elle n'est pas là à 7 heures pour le petit déjeuner, je ne l'attendrai pas et je me lancerai en piste. Je n'ai pas du tout l'intention de sacrifier mes vacances pour elle!

Lorsqu'elle se réveilla aux aurores, Nadia n'était pas dans son lit qui n'était même pas défait. Un peu inquiète elle alla frapper à la porte de la chambre que partageait Marc avec un camarade. Ce dernier ouvrit, déjà vêtu de sa tenue de ski.

— Marc est là?
— Pas revu depuis hier après-midi.

A la salle à manger, pendant le petit déjeuner, personne n'osa parler des deux absents mais, au moment où tous chaussaient leurs skis, Béatrice qui était restée silencieuse jusque-là ne put s'empêcher de dire :

— Mais où peuvent-ils donc encore traîner à cette heure? Ce n'est pas parce qu'on est entouré de neige que l'on doit passer des nuits blanches! Et moi qui voulais faire la piste difficile avec Marc après avoir donné à Nadia sa leçon, j'ai bonne mine! Eh bien, tant pis pour eux... Puisqu'ils ne sont là ni l'un ni l'autre, je pars seule sur la grande piste et je

ne serai de retour qu'en fin d'après-midi. Si l'un de vous voit Nadia d'ici là il n'aura qu'à lui dire que son professeur de ski n'a pas pour habitude d'attendre ses élèves!
– Pas de commission pour Marc?
– Dites-lui que c'est un lâcheur! Il m'avait pourtant promis de skier avec moi!

Les absents ne revinrent que quand tous les autres étaient déjà loin sur les pistes. Chacun d'eux rejoignit séparément sa chambre après que Marc eut dit à Nadia :
– Va te reposer jusqu'à midi. Je te donnerai alors ta première leçon pour essayer de t'apprendre au moins à tenir sur des skis.
– Béatrice va être jalouse, elle qui était persuadée qu'elle serait mon premier moniteur!
– Il est préférable pour toi d'avoir un moniteur plutôt qu'une monitrice. La seule chose qui m'inquiète un peu, c'est le temps : le ciel se couvre... Gare aux avalanches! Enfin, nous verrons bien vers midi. Si ça se gâtait, nous resterions ici. A tout à l'heure.
Dans sa chambre, Nadia s'allongea sur son lit sans même prendre la peine de se déshabiller et c'est avec un sourire un peu ironique qu'elle regarda le lit défait de Béatrice qui avait dû être dans une rage folle quand elle avait constaté en se réveillant que sa camarade de chambre avait découché! Ce dont Nadia n'avait ni honte ni regret. Bien au contraire, jamais elle ne s'était sentie aussi heureuse qu'en ce début de matinée. A l'encontre du conseil donné par Marc, il n'était pas question pour elle de dormir mais de revivre en pensée la merveilleuse succession d'événements qui venaient de se passer en

moins de vingt-quatre heures et qui avaient transformé sa vie.

Hier après-midi, après sa conversation avec Béatrice, elle avait pris la décision d'aller frapper à la porte de la chambre de Marc. Son instinct d'amoureuse lui avait fait comprendre que, si elle n'agissait pas tout de suite, après ce serait trop tard! Béatrice profiterait de la première occasion propice pour la devancer et connaître sans tarder l'aventure qu'elle recherchait. Elle le ferait d'ailleurs sans aucune méchanceté à l'égard de son amie puisqu'elle ignorait – et tout le monde avec elle – le sentiment très secret qui rongeait le cœur de Nadia.

Une Nadia qui aurait préféré attendre encore, pressentant qu'en amour, comme dans tout, la hâte risque d'être dangereuse. Mais ne serait-ce pas aussi une erreur que de s'effacer pour laisser toutes ses chances à une rivale? Marc ne le lui reprocherait-il pas plus tard? Et puisqu'il donnait actuellement l'impression de ne vouloir qu'une aventure, pourquoi n'en serait-elle pas la bénéficiaire plutôt qu'une autre?

– Marc, ouvre-moi...

Elle eut la chance de le trouver seul, son compagnon de chambre étant déjà sorti.

– Qu'est-ce qui se passe? demanda-t-il.

– Il se passe que j'ai à te parler... D'abord, embrasse-moi!

Un peu surpris de la voir dans un pareil état, elle qui s'était toujours montrée tellement réservée, il eut une légère hésitation avant de la serrer contre lui : les yeux de Nadia étaient brillants de fièvre, sa respiration haletante, sa bouche gourmande. Quand il relâcha l'étreinte, il dit avec douceur :

– J'ai toujours pensé, depuis notre première rencontre, que tu cachais un tempérament de feu sous ton apparence assez distante... Mais pourquoi avoir tant attendu?

— Parce que je t'aime, Marc!

— Toi aussi tu avais compris que tu me plaisais? Seulement...

— Seulement quoi?

— Tu me déroutais avec ton attitude et surtout avec ta gentillesse qui me portait à croire que tu cherchais à devenir pour moi plus une bonne camarade qu'une amante.

— Je veux être tout pour toi!

— A chaque fois que nous nous retrouvions, aussi bien en Sologne qu'à Paris, je ne savais jamais sur quel pied danser. Au fond, je crois que tu m'intimidais!

— C'était pareil pour moi... Je t'ai tellement aimé tout de suite que j'ai eu peur que ça ne dure pas... Et cela a duré! Comprends-moi : je ne veux pas connaître d'autre garçon que toi! C'est bien simple : si tu me demandais à l'instant même de partir avec toi au bout du monde, je suis sûre que je le ferais...

— Tu abandonnerais même ta grand-mère?

— Si tu l'exigeais, oui.

— Tu m'aimes donc à ce point? Eh bien, rassure-toi! Je ne te demanderai jamais une chose pareille. Ceci pour trois raisons : d'abord j'ai beaucoup d'estime pour Véra qui est la plus charmante des vieilles dames, ensuite je sais qu'elle mourrait de ton éloignement... Enfin, j'ai mes études à terminer : pour moi ça prime tout. Pour le reste, je verrai plus tard.

— Mais Marc, le reste, c'est notre amour!

— Ne penses-tu pas que c'est là un bien grand

mot : « notre » amour?... Comme toi, j'ai l'impression que nous sommes peut-être faits l'un pour l'autre mais il faudra quand même attendre que j'aie une situation stable.

— Je t'approuve entièrement.

— Et si un jour je décidais de me marier, ce ne serait que parce que je me sentirais capable d'assurer par moi-même une existence décente à ma femme. C'est là l'une des grandes raisons pour lesquelles beaucoup de couples mariés trop hâtivement ne tiennent pas aujourd'hui.

— S'il le fallait, je suis certaine que moi aussi je pourrais gagner beaucoup d'argent!

— En faisant quoi?

— Comme...

Elle hésita avant de lâcher :

— Comme... psychiatre!

— Ce n'est pas une profession pour une femme mariée!

— Tu te trompes, c'est, au contraire, la plus merveilleuse des professions! Et tu n'as pas l'air de te douter que « mes études », à moi aussi, marchent très bien! Tu verras que, plus tôt que tu ne le penses, je serai capable de t'aider... Marc chéri, je voudrais que tu me fasses une promesse : celle de m'attendre!

— Qu'entends-tu par là?

— De ne pas en épouser une autre... Bien sûr, je comprends très bien ce qu'est un homme. Pour le moment tu ne penses encore qu'à l'aventure et c'est normal. Mais quand ce sera pour le bon motif, il ne faudra plus penser qu'à moi... De mon côté, je te jure que tu seras pour moi le premier et le dernier homme de ma vie! Je te parais bête, n'est-ce pas? Et vieux jeu? Des filles comme moi, tu ne dois pas en rencontrer beaucoup?

— J'avoue...

— Ne me raconte rien, surtout! Je ne veux pas savoir... Comme cela, le jour où tu me demanderas de devenir ta femme, j'aurai l'impression d'avoir toujours été ton unique amour.

Cela avait été dit avec une telle simplicité que le garçon s'en sentait presque gêné.

— Ecoute-moi bien, ma petite Nadia... Tout ce que tu viens de dire m'émeut mais je dois réfléchir... Je crains aussi qu'emportée par ton amour, dont la sincérité ne saurait être mise en doute, tu me pares de qualités que je n'ai absolument pas! Cela provient peut-être de ce que notre première rencontre a été, nous devons le reconnaître, plutôt romantique! Seulement ce n'était qu'une rencontre de vacances.

— Ce que tu viens de dire est affreux! Crois-tu que mes sentiments ont changé quand nous nous sommes retrouvés ensuite à Paris? Ils n'ont fait que grandir! Mais je me demande s'il en a été de même pour toi? J'ai presque eu l'impression, après chacune de nos sorties parisiennes qui n'ont pas été si fréquentes, que volontairement tu m'oubliais un peu... Je sais aussi n'avoir pas le droit de te faire le moindre reproche puisque nous ne sommes rien l'un pour l'autre à l'exception de bons amis, mais j'aimerais savoir une fois pour toutes si tu désires que nous en restions strictement à ce stade? Réponds-moi franchement, il est grand temps...

— Tu y tiens absolument? Eh bien, mets-toi une fois pour toutes dans la tête que je ne veux ni me fiancer ni encore moins me marier!

— Alors, qu'est-ce que tu veux de moi?

– De toi? Mais rien!

– Tu mens, Marc! Crois-tu que je ne me suis pas rendu compte depuis longtemps que tu aimerais bien avoir une aventure avec moi?

– Pas plus avec toi qu'avec une autre!

– C'est tout l'effet que je te produis? Alors je préfère rentrer immédiatement à Paris! Tu n'as donc pas compris que je ne suis venue ici que parce que je savais que tu y serais... Les autres ne m'intéressent pas! Je t'en supplie, mon amour, prends-moi puisque je sais que je suis faite pour toi.

Blottie contre lui elle continua dans un souffle comme si elle craignait que quelqu'un d'autre ne l'entende :

– Je veux devenir aujourd'hui même ton amante.

– Ici? Dans cet hôtel?

– Ici ou n'importe où... Je m'en moque! La seule chose qui compte c'est que nous soyons l'un à l'autre. Mais peut-être as-tu raison : je ne nous vois pas très bien nous aimant, pour la première fois complètement, dans cette chambre ou dans la mienne! Ceux qui les partagent avec nous peuvent y revenir à tout moment et ce serait affreux! Il vaudrait mieux que cela se passe ailleurs.

– Viens!

Ils avaient quitté l'hôtel comme un couple qui fuit un lieu où le véritable amour n'est pas possible et ils n'y étaient revenus que ce matin. Nadia aurait été bien incapable de retrouver l'endroit où ils s'étaient aimés pendant la nuit. Les seuls détails dont elle se souvenait étaient les rideaux en cretonne et le lit unique qui lui avait paru immense. Tout le reste n'avait été qu'amour... Ensuite ils étaient repartis bras dessus, bras dessous, traversant le village en amants, grisés d'air frais et auréolés de bonheur, sans se préoccuper de personne ni du qu'en-dira-t-on.

Maintenant, seule dans sa chambre, elle souriait avec la conviction qu'il devait en être de même pour Marc dans la sienne. Mais brusquement le sourire se figea : un autre souvenir venait de lui revenir en mémoire et il était atroce... En pleine nuit, alors que Marc venait de s'assoupir et qu'elle le regardait dormir avec ravissement, elle fut arrachée à l'émerveillement par une autre vision, lointaine celle-là... Sur ses skis, Béatrice dévalait une pente vertigineuse. Masquée à moitié par une paire de lunettes, on ne voyait de son visage tendu que la bouche entrouverte qui semblait aspirer l'air des sommets dans la griserie de la vitesse. Et, tout à coup, avec cette traîtrise que seule connaît la montagne, le ciel s'obscurcit. Il devint tellement opaque que c'était à peine si Nadia voyait la silhouette de Béatrice continuant à foncer dans la tourmente. Puis elle disparut complètement, comme happée par la bourrasque. Cela n'avait duré que l'instant d'un éclair. Les flocons cessèrent de tomber, le ciel se rasséréna, laissant reparaître le soleil dont les rayons firent étinceler la neige redevenue une grande nappe blanche, silencieuse, ressemblant à un linceul. Il n'y avait plus de Béatrice.

Affolée, Nadia avait réveillé Marc :

– C'est épouvantable! Je viens de voir Béatrice qui disparaissait dans la neige.

– Qu'est-ce que tu racontes? Tu viens tout simplement de faire un cauchemar en pensant à la première leçon de ski qu'elle veut te donner demain.

– Ce n'est pas un cauchemar! Je l'ai vue, de mes

yeux vue! Je n'avais pas encore pu m'endormir tellement j'étais heureuse! Je te regardais et brutalement le visage irréel de Béatrice a supplanté le tien : elle dévalait d'une pente...

— A cette heure-ci? Mais, chérie, elle est tout simplement à l'hôtel en train de dormir dans votre chambre... On ne se lance pas sur les pentes en pleine nuit! Maintenant il faut absolument que tu dormes, sinon demain tu seras incapable de tenir debout sur tes premiers skis.

Il glissa son bras sous la tête blonde qu'il ramena doucement contre sa poitrine. Mais une voix qu'elle n'avait encore jamais entendue et qui était peut-être celle de sa conscience lui répétait sans cesse :

C'est mal ce que tu fais, Nadia... Pendant que tu t'abandonnes dans les bras de celui auquel tu rêvais depuis le jour où tu l'as rencontré et ceci dans la tiédeur d'un lit à laquelle tu n'as même plus la force de t'arracher, Béatrice, ta meilleure camarade de jeunesse, risque un grand danger... Tu devrais tout de suite quitter ce lit et obliger Marc à en faire autant pour que vous puissiez courir vers l'hôtel où se trouve encore ton amie et l'empêcher demain matin de chausser ses skis pour descendre seule la pente fatidique... Si au moins Marc, qui est un vrai champion, l'accompagnait, il pourrait lui porter immédiatement secours en cas d'accident... Seulement toi, tu ne le souhaites pas! Maintenant que tu t'es donnée sciemment à lui, tu ne veux plus le prêter à une autre et surtout pas à Béatrice qui, pour toi, n'est plus qu'une rivale : cette dame de trèfle qu'il faut éliminer... Pauvre sotte! Parce que tu viens de coucher pour la première fois de ta vie avec un homme, tu crois qu'il t'appartient? Tu n'entends donc pas, en ce moment même, la voix de Béatrice qui crie : « Au secours, Marc! » Ce n'est pas *toi, son amie, qu'elle appelle mais lui... Si Béatrice meurt, tu seras responsable de cette mort que tu viens de voir et que tu pourrais encore éviter...*

Mais Nadia ne bougea pas, presque satisfaite par la disparition de l'une de ses rivales et ne pouvant plus, engourdie d'amour, s'arracher à l'odeur enivrante de l'amant. Elle s'endormit, oubliant tout.

A son réveil, Marc demanda :
– Qu'est-ce qui t'es arrivé cette nuit ?
– Je ne sais pas... J'ai dû avoir une vision.
– Ça se produit souvent chez toi ?
– Quelquefois...
– Tu vois ce que c'est que de faire trop de psychiatrie. Ça te détraque le cerveau. Je te garantis que si, un jour, tu devenais ma compagne pour de bon, tu n'en ferais plus !
– Ça j'en suis sûre, chéri !

Ce à quoi elle ne pouvait pas penser au lendemain de « sa » nuit d'amour, c'était qu'elle venait de commettre la première grande erreur de son existence. En s'abandonnant dans une aventure, elle avait voulu forcer le destin, oubliant même ce que lui avaient toujours révélé les cartes : ce ne devait être que beaucoup plus tard que la dame de cœur, qui n'était autre qu'elle-même, aurait le droit d'entrer dans le jeu. Sa soif d'amour venait de la faire tricher.

Quand elle retrouva Marc à midi pour sa première leçon, le temps s'était détérioré. Un par un, les amis de la bande et les habitants de l'hôtel revinrent, furieux d'avoir été contraints d'interrompre les descentes qui avaient si bien commencé sous le soleil matinal. Tous étaient de retour, sauf Béatrice.

Nadia était inquiète : sa voyance de la nuit lui revenait en mémoire. Marc aussi se tourmentait au sujet de l'absente mais il s'efforçait de ne pas le laisser paraître :

– Béatrice est une excellente skieuse. Chaque fois qu'il nous est arrivé de parler de la montagne, je me suis rendu compte qu'elle la connaissait très bien.

Vers trois heures de l'après-midi, le temps s'améliorant mais Béatrice ne revenant toujours pas, une expédition fut rapidement organisée avec Marc et trois moniteurs pour partir à sa recherche. De plus en plus angoissée, Nadia marchait de long en large sur la terrasse de l'hôtel qui surplomblait la vallée. De temps en temps elle s'arrêtait, regardant fixement l'immensité blanche dans laquelle s'était peut-être engloutie sa plus grande amie. Et elle se prit à haïr ce don qui lui permettait de voir les catastrophes ou les morts avant qu'elles n'arrivent. Elle en vint même à souhaiter, de toute son âme, que la voyance où elle avait vu disparaître Béatrice fût erronée... Mais ce qui lui faisait peur était que toutes ses voyances s'étaient révélées vraies jusqu'à présent. Pourquoi celle-là seule, parce qu'elle concernait une amie, serait-elle fausse ?

A la tombée de la nuit une rumeur commença à courir dans la station : on avait retrouvé le corps de la skieuse enseveli sous un mètre de neige... Quand Marc revint à l'hôtel, Nadia n'eut aucune question à lui poser : son visage bouleversé expliquait tout. Et lorsqu'elle s'approcha de lui, il dit simplement :

– Ne parle pas! Cela vaut mieux.

A cette seconde elle comprit qu'il la rendait responsable de ce qui venait d'arriver. Responsable en quoi? Evidemment, si elle n'était pas venue le retrouver volontairement hier après-midi dans sa chambre, le déroulement des événements aurait sûrement été tout autre... Ils ne seraient pas partis tous les deux pour le village où ils n'auraient pas passé la nuit. Et, ce matin au réveil, Béatrice serait restée pour donner à son amie sa première leçon de ski au lieu de s'élancer seule sur les pistes... Et même si elle l'avait fait, ce n'aurait été que plus tard, en compagnie d'autres bons skieurs de la bande et pourquoi pas, de Marc, présent à ses côtés, en cas de coup dur... Tout cela était rigoureusement vrai mais, d'un autre côté, Nadia n'avait-elle pas eu raison de tout tenter pour sauver son propre bonheur qu'elle sentait menacé? Si elle n'avait pas agi ainsi, se livrant à l'homme trop convoité, ce serait presque certainement Béatrice qui, à l'heure actuelle, serait devenue l'amante et pas elle, Nadia! Pensée qui lui était insupportable.

La disparition brutale de Béatrice était une chose affreuse mais ne l'avait-elle pas elle-même cherchée en prenant des risques alors que le temps était assez incertain? Risques qu'elle n'avait peut-être affrontés que par dépit quand elle avait compris, en constatant qu'ils n'étaient pas rentrés de la nuit, que Marc et Nadia étaient devenus amants? C'était uniquement en cela que Nadia se sentait coupable, mais pas plus que Marc! Quand une telle responsabilité se dresse entre des amants, il est bien rare que leur liaison puisse résister. Un seul regard de Marc venait de faire comprendre à sa complice de la nuit qu'il existait déjà une cassure entre eux.

Le retour à Paris fut morne. La « joyeuse bande » ne pourrait plus jamais se reformer. Une dernière fois cependant, tous se retrouvèrent pour les obsèques de Béatrice. Quand Marc et Nadia se dirent rapidement au revoir à l'issue de la cérémonie, ils savaient très bien que leur séparation durerait tant que l'ombre de Béatrice continuerait à se dresser entre eux.

Rentrée chez elle, Nadia demeura silencieuse quand sa grand-mère dit :

– Quelle tristesse! Si seulement une vision avait pu te permettre de voir ce qui allait se passer, peut-être que tes amis et toi vous auriez pu éviter le pire!

Pourquoi avouer à Véra que la vision s'était présentée? Il aurait fallu lui confier aussi le secret de sa première nuit d'amour. Aussi courte qu'elle ait été, l'aventure s'était révélée décisive : Nadia avait maintenant la certitude que Marc resterait le seul homme de sa vie, même si la séparation se prolongeait... Le jeu de cartes, étalé à nouveau sur le lit, le confirma une fois de plus : la première rivale apparaissant dans la vie de Marc venait de disparaître rapidement, comme prévu. Il ne restait plus que la seconde dont Nadia était incapable de définir le visage. Viendrait-elle aussi du petit groupe des amis de jeunesse? Ce n'était guère probable puisque la bande venait de se dissocier. Ne serait-ce pas plutôt une inconnue? Une femme redoutable dont l'odieuse présence rendrait l'attente encore plus pénible pour celle qui n'avait connu qu'une seule nuit d'amour?

L'unique dérivatif que pourrait trouver Nadia, la « dame de cœur », pour endurer son calvaire serait de continuer à pratiquer la voyance. Dès demain elle retournerait travailler avec M. Raphaël qu'elle n'aurait jamais dû quitter pour aller aux sports d'hiver. Quand elle le revit, la première question qu'il posa fut :

– Ces vacances de neige se sont-elles bien passées?

Et, comme elle se taisait, il reprit :

– Contrairement à ce que vous pouvez penser, vous avez quand même bien fait d'aller à la montagne : cela vous a permis de franchir une étape obligatoire de votre destin dont nous ne reparlerons plus jamais... Si nous nous remettions au travail? Maintenant que l'utilisation de la boule de cristal ne présente plus de secrets pour vous, nous allons étudier les taches d'encre. Ce ne sera qu'en passant ainsi d'un mode de voyance à un autre que nous finirons par progresser. Vous n'avez jamais encore été intéressée par ce procédé?

– Jamais.

– Le principe en est pourtant des plus simples...

Lorsqu'elle revint chez elle et sans savoir trop pourquoi, Nadia n'était pas tellement enthousiasmée par les taches d'encre. Elle leur préférait de beaucoup les cartes, les tarots et même la boule de cristal dont elle comptait bien se servir le jour où elle aurait son propre cabinet.

Comme si elle avait attendu le moment où cette dernière pensée viendrait à l'esprit de sa petite-fille, Véra demanda :

– Tu ne m'as jamais dit ce que ton professeur pensait de toi?

– Si je l'avais fait tu aurais été plutôt surprise mais puisque cela t'intéresse... Depuis plusieurs semaines déjà il affirme que, si j'ouvrais dès maintenant un cabinet, je ne me débrouillerais pas plus mal que les autres voyantes.

– Il le pense? Mais alors c'est la preuve qu'il a confiance dans tes possibilités... Un tel verdict m'en-

chante d'autant plus qu'il va peut-être falloir nous résoudre à en venir à cette solution.
- Que veux-tu dire ?
- Simplement que nos ressources financières risquent assez rapidement de ne plus être inépuisables pour la triste raison que les meilleurs placements boursiers sont en train de devenir exécrables ! Si l'on veut vivre correctement aujourd'hui il ne faut plus compter sur des rentes ! Il est préférable d'exercer une profession et, comme tu sembles maintenant en avoir une, peut-être serait-il temps de songer à la faire fructifier ?
- Tu me vois demander de l'argent pour donner des consultations ?
- Et alors ? Tes visiteurs, comme ceux du vieux Raphaël, deviendront tes clients... Ce ne sera pas plus mal et beaucoup plus sûr pour l'avenir.
- Jamais je n'oserai me faire payer !
- On dit cela mais quand l'argent commence à se montrer, on s'apprivoise vite à lui !
- Je n'arrive à bien voir que parce que je sais que je ne travaille que pour l'art... Sinon je me sentirais paralysée et je ne verrais plus rien du tout !
- Ce n'est pas certain... Prends exemple sur ton professeur ! Ne m'as-tu pas dit toi-même qu'il était un mage extraordinaire ? Et pourtant, il se fait payer ! Tu le paies même pour qu'il te donne des leçons ! Ce qui n'a pas l'air de tellement le gêner !
- Mais que dira-t-il si je lui annonce que moi aussi je vais ouvrir un cabinet ?
- Il trouvera cela tout naturel et ne pourra qu'être flatté de voir l'une de ses élèves prendre pignon sur rue.
- A mon âge ?
- A six ans tu voyais déjà... Souviens-toi !

Aujourd'hui tu as près de treize années d'expérience. N'est-ce pas fantastique? Enfin, plus une voyante est jeune et jolie plus elle a du succès : c'est bien connu.
— J'ai plutôt l'impression que la clientèle sérieuse préfère avoir affaire à des voyantes plus âgées.
— A de vieilles chouettes telles que moi ou à de vieux hiboux comme ton Raphaël? Certainement pas! Dans cette profession, comme dans toutes, il faut un rajeunissement des cadres... Je ne vois donc plus aucune objection à l'ouverture de ton cabinet. Je ne te l'ai pas dit mais ces derniers temps, pressentant que nous serions bientôt contraintes d'en arriver là, je me suis livrée à une petite enquête très discrète. Je n'ai pas été chez ton mage par crainte de t'y rencontrer mais j'ai été rendre visite à pas mal de tes futures concurrentes.
— A quel titre?
— Comme cliente, tout bêtement! Et j'en suis arrivée à la conclusion que ces dames, soi-disant respectées et le plus souvent patentées, sont, pour la plupart, infiniment moins expertes que toi! Tu n'as absolument rien à craindre de leurs dons de voyance qui sont des plus discutables... J'ai vu comment elles opèrent et découvert les tarifs qu'elles pratiquent en moyenne. Nous appliquerons les mêmes prix pour ne pas nous aliéner l'ensemble de la profession. Pour le personnel du cabinet nous serons deux : moi pour accueillir la clientèle et la faire patienter, toi pour la satisfaire et la faire payer. Ce sera suffisant. Si un jour l'affaire prenait de l'extension, nous aviserions... Pour le moment cet appartement, meublé avec un goût qu'on ne rencontre que rarement chez tes consœurs et surtout situé dans un quartier central, conviendra très bien.

Puisque nous avons le téléphone, il n'y a plus qu'à ouvrir après avoir apposé une belle plaque cuivrée sur la porte du palier et sans doute une autre aussi à côté de la porte d'entrée. On y voit déjà celle d'un dentiste et, comme nous sommes propriétaires de l'appartement, les copropriétaires n'auront qu'à se taire... Ah! Un point important : le nom du cabinet?

— C'est effrayant comme tu vas vite!

— Les affaires rondement menées sont les seules qui réussissent... Pourquoi ne pas prendre pour enseigne ton vrai prénom, *Madame Nadia?* Tu ne trouveras pas mieux! Dans « Nadia » il y a tout : l'origine slave, le charme, la douceur, le mystère...

— Mais je ne suis pas encore « Madame »!

— Je ne suis pas inquiète. Même si ça demande un peu de temps ça viendra bien un jour! Et, ce jour-là, comme tu porteras le nom de ton époux, *Madame Nadia* ne te servira plus à grand-chose à moins que ton mari ne trouve très bien que tu continues à pratiquer la voyance.

— Cela m'étonnerait...

— Dans ce cas *Madame Nadia* pourrait durer... Mais aujourd'hui *Mademoiselle Nadia* ne ferait pas sérieux! Une voyante ne peut être qu'une dame... Maintenant que nous avons trouvé ton nom de bataille, il va falloir le lancer. La publicité est la base essentielle de ta profession : s'il n'y a pas de publicité massive sur *Madame Nadia*, ce ne sera même pas la peine d'essayer de te créer une clientèle rentable! Je vais voir ce que nous pouvons encore prélever sur ce qui nous reste pour établir un budget publicitaire. Dans ce domaine aussi je me suis renseignée : c'est hors de prix, mais qui veut la fin...

— Je t'en supplie, mamie, laisse-moi donner gratuitement mes consultations.

— Je te l'interdis! Ce serait de la folie quand on a comme toi la chance de posséder un don pareil! Tu n'as donc pas encore compris que tu valais de l'or? Si je n'insistais pas, tu me le reprocherais plus tard... Et puis réfléchis : comment entretiendrons-nous notre *Vieux Manoir* si nous n'avons plus le sou?

— Le *Vieux Manoir?*

— Tu nous imagines le vendant à n'importe qui?

— Ça, jamais!

— Alors? La seule solution pour le conserver est que tu deviennes une professionnelle. Nous pouvons ouvrir le cabinet très rapidement.

Trois mois plus tard il ouvrait, grâce aux judicieux conseils de M. Raphaël qui avait trouvé l'idée excellente. Sa longue pratique de la profession lui avait appris que — contrairement à ce que pouvaient penser quelques confrères et surtout certaines consœurs dont la jalousie latente à l'égard d'une nouvelle et jeune concurrente n'existait que parce qu'eux-mêmes n'avaient pas tellement bien réussi dans leur entreprise — plus il y a de cabinets de voyance et plus la clientèle prend goût à venir consulter ceux ou celles qui lui prodiguent l'espoir à une époque où les vieilles croyances établies s'effritent progressivement. Prise entre sa grand-mère et le patriarche Raphaël, ces deux conseillers d'un autre âge, la jeunesse de Nadia avait fini par céder : elle oublierait ses généreux projets d'amateurisme pour devenir une professionnelle qui sait se faire rémunérer.

Il y avait surtout eu l'entêtement de Véra qui, une

fois de plus, avait très bien compris ce qui se passait dans le cœur de sa petite-fille... Une Nadia désespérée qui n'avait pas revu Marc depuis l'enterrement de Béatrice. Sous prétexte d'études qui l'accaparaient de plus en plus, celui-ci ne lui avait plus donné signe de vie et elle n'avait pas osé lui téléphoner pour le relancer. Sa fierté d'amoureuse s'y opposait, l'amenant à penser qu'il n'y avait pas seulement entre eux l'ombre douloureuse de la disparue mais aussi – le temps amenuisant le souvenir du plaisir – un commencement de mépris caché de l'homme à l'égard de celle qui s'était donnée aussi facilement à lui. Elle avait presque acquis la conviction que l'homme l'avait définitivement classée au chapitre de ses aventures sans lendemain et qu'elle ne serait plus désormais pour lui qu'un numéro parmi ses conquêtes de jeunesse. Plusieurs fois Véra avait demandé :
– Que devient Marc?
Et Nadia avait toujours répondu :
– Je ne l'ai pas revu depuis longtemps. Tel que je le connais il doit être tellement absorbé par la préparation de ses derniers examens qui sont les plus durs.
– Pourtant vous vous entendiez bien?
– C'est vrai... Mais la chose la plus importante pour lui n'est-elle pas d'obtenir son diplôme d'ingénieur? Je ne dois pas le déranger. Quand il l'aura, peut-être nous reverrons-nous?
Des semaines, des mois s'écoulèrent, Nadia se sentait de plus en plus malheureuse. Mais comment expliquer à Véra ce qui s'était passé entre elle et Marc une certaine nuit à Montgenèvre? Comment lui confier que les cartes lui avaient appris que son destin était d'attendre très longtemps avant d'entrer

définitivement dans la vie du seul homme au monde qu'elle aimait et auquel elle se savait destinée?

Véra n'avait plus insisté et le cabinet avait prospéré. Deux nouvelles années passèrent avant que Nadia n'apprenne dans une rubrique mondaine l'annonce du mariage de Marc. Comme il n'avait même pas jugé utile de lui envoyer un faire-part, il lui parut inopportun de lui adresser des félicitations d'autant plus qu'elle ressentait une double blessure : celle d'avoir été oubliée et celle de s'avouer que, pour une fois, elle n'avait pas vu juste. Se pouvait-il que Marc ait épousé la seconde rivale se trouvant dans sa vie, cette dame de pique? Si c'était vrai, tout le jeu s'en trouvait faussé... La dame de cœur, elle-même, Nadia, qui ne se présentait qu'à la fin du jeu, devrait donc se contenter de n'être que la deuxième épouse de Marc quand la première aurait consenti à le libérer ou serait disparue? Disparue comment? Par mort naturelle ou... accidentelle? Par divorce peut-être?

Le plus troublant pour Nadia était de n'avoir jamais vu dans les cartes – et Dieu sait pourtant si elle les avait consultées souvent au sujet de Marc! – que ce dernier convolerait une première fois avant de la retrouver enfin « pour le meilleur et pour le pire ». Sa double erreur avait été de croire, à chaque fois qu'elle avait remis cette voyance en question, qu'aussi bien la dame de trèfle – qui, pour elle, n'avait pu être que Béatrice – que la dame de pique, qui venait de se faire épouser, ne seraient que des épisodes sans lendemain dans l'existence de Marc alors que seule la dame de cœur deviendrait la femme de sa vie... N'était-ce pas tout le contraire qui s'était produit? Et pourquoi la dame de trèfle ne s'identifierait-elle pas avec elle-même, Nadia, plutôt que la dame de cœur? Une dame de trèfle qui n'avait connu, comme cela s'était exactement passé pour elle-même, qu'une éphémère nuit d'amour avant d'être oubliée tandis que Béatrice n'avait vécu aucune aventure avec Marc avant de disparaître! Ensuite survenait dans le jeu la dame de pique qu'il venait d'épouser. Mais qui, alors, était la dame de cœur si ce n'était pas elle, Nadia?

D'autres années passèrent sans que Nadia pût trouver une réponse à cette question. Et, brusquement, l'épouse de Marc s'était présentée au cabinet pour une consultation... Visite due au hasard ou, comme l'avait prétendu la visiteuse, parce qu'elle avait entendu parler par des amis de cette *Madame Nadia* dont la réputation était grande? Ne serait-ce pas plutôt parce que la femme de Marc, venant de découvrir que son mari avait eu une aventure avec celle qui était devenue très vite une voyante illustre, avait voulu la rencontrer par simple curiosité? Mais cela n'était vraisemblable que si c'était Marc lui-même qui lui avait parlé de ce qui s'était passé à Montgenèvre. Ce qui paraissait douteux. Un homme ne relate pas à celle qu'il épouse plusieurs années plus tard des événements auxquels il a été mêlé et qui se sont soldés aussi bien par la mort d'une camarade de sport que par une rupture avec l'une de ses amies de jeunesse : ce n'est pas tellement glorieux pour lui! Il préfère se taire.

En réalité, la raison profonde qui avait incité Marc à prendre ses distances avec Nadia n'était pas tellement le drame des sports d'hiver mais le fait qu'elle l'avait prévu quelques heures avant qu'il ne se produise. Une femme qui voit les événements à l'avance est inquiétante et si, en plus, elle est capable de remonter dans le passé pour mieux connaître son amant, elle peut devenir redoutable. Même si l'on ne croit pas tellement au don de voyance, on peut le craindre. Nadia n'avait-elle pas prouvé à Marc qu'elle pouvait être cette femme?

Cette longue nuit – pendant laquelle, allongée sur le lit de sa chambre du *Vieux Manoir*, elle venait de revivre en mémoire les moments essentiels de son existence – touchait à sa fin. L'aube embrumée de la Sologne commençait à filtrer à travers les rideaux de la fenêtre. Quand le jour serait là, Nadia éprouverait la sensation d'être parvenue à déblayer son passé.

Lorsqu'elle retrouva Véra au petit déjeuner, celle-ci dit :

– Tu as les traits tirés... As-tu pu dormir un peu malgré la nouvelle que t'a apportée hier soir la photo du journal?

– Je n'ai pas fermé l'œil de la nuit mais cela n'a aucune importance... Ça m'a permis de clarifier mes pensées. Je sais maintenant ce que je dois faire : rentrer immédiatement à Paris.

– Chérie, nous venons à peine d'arriver ici! Serais-tu déjà inquiète au sujet de ta clientèle? Je t'assure que tu as tort : M. Raphaël saura te la conserver.

– Il ne s'agit pas de la clientèle mais de Marc qui est marié depuis sept années déjà – je me souviens très bien du jour où j'ai découpé dans un journal le faire-part de son mariage que j'ai conservé – avec cette femme qui n'a qu'une idée en tête : devenir sa veuve! C'est effrayant... Je dois le sauver une nouvelle fois.

– Comment une nouvelle fois?

— La première ce fut quand j'ai tout fait pour le retenir auprès de moi une nuit à Montgenèvre... Si je n'avais pas agi ainsi, peut-être aurait-il été emporté, lui aussi, dans la tourmente comme Béatrice ? Je ne sais plus trop si les cartes m'ont dit la vérité à son sujet mais je sens que mon destin à moi est d'être son ange gardien... Même s'il ne s'en rend pas compte lui-même parce qu'il ne pense plus à moi depuis longtemps, je dois le protéger puisque je l'aime !

— Tu déraisonnes ! Qu'est-ce que tu as l'intention de faire ?

— Tout ce que je sais et dont je suis sûre, c'est que j'arriverai à l'arracher à cette femme ! Mon don de voyance finira bien par m'aider... Pour une fois qu'il me servira à moi et pas aux autres ! N'y ai-je pas droit ?

— Et tu crois pouvoir mieux réussir à Paris qu'ici ? *La Sablière* est à côté...

— La première question que j'ai posée aux Levasseur le jour de notre retour ici a été : « Que deviennent les propriétaires de *La Sablière ?* » Sais-tu ce qu'ils m'ont répondu ? Que les parents de Marc l'avaient vendue parce que leur fils ne s'y intéressait plus !

— Il y a longtemps de cela ?

— Sept ans... Depuis le jour de son mariage. Je leur ai même demandé s'ils avaient vu sa femme alors que j'ignorais encore qui était la visiteuse reçue il y a quelques jours dans mon cabinet, chose que je n'ai apprise qu'hier soir.

— Ils l'ont vue ?

— Elle n'est jamais venue dans le pays. Comment veux-tu qu'une femme pareille puisse aimer la campagne ? Tu as bien vu comment elle s'habille et se

maquille? Elle n'est bonne que pour Paris ou Deauville, ou Biarritz, ou la Côte d'Azur... C'est une femme qui est toujours en représentation! Tu l'imagines se promenant dans notre Sologne?
— Le fait est...
— C'est elle qui a dû le dégoûter ainsi que ses beaux-parents de *La Sablière*... A moins qu'il n'ait pas osé y revenir par crainte de m'y rencontrer à nouveau comme la première fois? Les hommes sont si étranges...
— Pas Marc! Ce n'est pas parce que l'on se marie que l'on redoute de revoir une camarade de jeunesse.
— Sa femme n'a pu que faire le vide autour de lui : c'est pourquoi il ne m'a plus donné signe de vie, ni à aucun de ceux qui constituaient notre bande d'amis. Je te dis que cette femme est néfaste!
— Et s'il l'aime, que peux-tu faire contre?
— Il l'aime peut-être mais elle ne l'aime pas! C'est là où c'est grave! Si elle l'aimait, elle ne rêverait pas de le voir disparaître.
— Peut-être ont-ils un enfant, ou plusieurs? Un enfant, ça soude une union.
— Je n'en ai vu aucun dans le jeu de cette femme : elle n'a pas d'enfant! Et c'est heureux! Elle est incapable de connaître le sentiment maternel.
— Tu la hais à ce point?
— Maintenant oui! Elle a cherché à me voler mon unique amour.
— Peut-être ne sait-elle même pas que tu as connu Marc?
— C'est là une question que je me suis déjà posée... De la réponse dépendra ma façon d'agir. Si, le sachant, elle est venue intentionnellement me narguer en consultation, ça lui coûtera cher.

— Jusqu'où irais-tu?
— Je ne sais pas... On a toujours le droit d'abattre les animaux nuisibles! C'est Marc lui-même qui me l'a dit alors que je peignais à moins d'un kilomètre d'ici.
— Et moi, ta grand-mère, je te dis que tu n'as pas le droit de parler ainsi!
— Tu ne sembles pas t'être rendu compte que ça fait des années que je suis malheureuse?
— Je m'en suis aperçue depuis le premier jour où tu n'as plus eu de nouvelles de Marc... C'est ton orgueil de femme restée seule qui t'a empêchée de me confier ton chagrin. Peut-être aurais-je pu t'aider alors? Maintenant c'est trop tard : il est marié.
— Tu n'aurais rien pu faire : son destin était de rencontrer cette femme. Elle est dans son jeu... La seule chose que je n'ai pas vue est qu'il l'épouserait! Si tu savais à quel point je m'en veux! J'en arrive même à croire que mon pouvoir de voyance est incomplet puisque je ne parviens pas à tout voir!
— Et si cette femme ne sait réellement pas que tu as connu Marc avant elle, que feras-tu?
— Je récupérerai quand même mon amour! Récupérer est d'ailleurs un mot impropre. Estimant ne l'avoir pas encore perdu, je le garderai. Il ne saurait en être autrement puisque je n'ai et ne vivrai toujours qu'un seul amour! Elle, ça ne doit pas la gêner d'en avoir plusieurs... Je t'en supplie, mamie, ne me pose plus de questions! Demain matin nous partons pour Paris.

LE PRÉSENT

M. Raphaël était étonné :
– Déjà revenue? Vous n'allez pas me dire que quarante-huit heures de Sologne vous ont suffi? A moins que la nostalgie de votre cabinet n'ait été plus forte que le besoin de repos?
– Il ne s'agit ni de mes vacances ni de mon cabinet. Le soir même de mon arrivée au *Vieux Manoir* il s'est passé quelque chose qui m'a contrainte à rentrer de toute urgence à Paris.
– Quelque chose de grave?
– Pour moi. J'ai vu une photographie dans un illustré...
– Et cela a suffi pour vous décider?
– Oui. Demain je rouvre mon cabinet mais je tiens à vous remercier pour l'intérim que vous avez bien voulu assurer. Je ne pense pas d'ailleurs qu'en aussi peu de temps vous ayez reçu la visite de beaucoup de mes clients?
– Quand même une douzaine qui semblaient être désolés de votre absence et qui m'ont tous demandé si vous aviez un deuil chez vous? C'est normal : votre pancarte placardée sur la porte ne disait-elle pas que vous étiez absente « *pour raison de famille* »... En tout cas j'ai pu constater que votre

clientèle vous estime et je dirai plus, vous adore, à l'exception cependant d'une femme qui m'a dit que vous ne connaissiez rien à votre métier et que vous n'étiez pas plus voyante qu'elle!

– C'est la raison pour laquelle elle est venue vous trouver?

– Elle n'est venue, m'a-t-elle expliqué, que parce qu'elle avait vu la pancarte fixée sur votre porte avec l'indication de mon adresse et qu'elle s'est dit : « Après tout ce mage sera peut-être plus compétent que cette *Madame Nadia* pour m'aider à débrouiller mon cas! »

– Et que lui avez-vous répondu quand elle vous a donné son opinion sur mon compte?

– Que vous étiez l'une des plus remarquables voyantes actuelles et que je pouvais parler en parfaite connaissance de cause puisque vous aviez été mon élève. Ce qui, évidemment, l'a laissée un peu ébahie et lui a fait dire : « Si j'avais su cela, ce serait vous que je serais venue consulter tout de suite! Ne vaut-il pas mieux avoir affaire au Bon Dieu qu'à ses saints? » Ensuite elle m'a exposé ce qui la tourmentait.

– Comment était cette femme?

– Plutôt belle et sûrement élégante... Très parfumée même!

– Est-ce indiscret de vous demander l'impression qu'elle vous a faite?

– Non, puisqu'il ne s'agit pas de vous révéler ce que j'ai vu pour elle au cours de la voyance et qui est assujetti à notre secret professionnel... Quant à l'impression que m'a faite cette dame, je peux vous avouer qu'elle a été assez mitigée.

– Sans que vous me fassiez la moindre confidence sur sa voyance, j'ai presque la certitude qu'elle vous a demandé si elle serait bientôt veuve ?

— Je constate que vous la connaissez bien.

— Bien, c'est beaucoup dire! Je ne l'ai reçue que trois fois, ce qui m'a d'ailleurs suffi! Et ce que je peux vous confier, c'est que c'est uniquement à cause d'elle que j'ai précipité mon retour à Paris... Je suis très inquiète. Pouvez-vous m'accorder un peu de temps pour écouter ce que je viens de découvrir au *Vieux Manoir* en feuilletant par hasard un illustré paru la semaine dernière ?

— Vous savez que je suis votre ami. Parlez.

Elle lui raconta tout : l'aventure de Montgenèvre, la rupture entre elle et Marc et les années de silence réciproque qui avaient suivi, les trois visites que lui avait faites la femme brune quelques jours plus tôt et enfin la vue du journal qui lui avait appris que cette femme était l'épouse de Marc, l'homme dont elle souhaitait devenir bientôt la veuve, avant de terminer par ces mots :

— Vous comprenez maintenant pourquoi j'ai tellement peur ?

— Votre amour pour cet homme n'a donc pas faibli avec le temps ?

— Non. Je sais que c'est fou puisqu'il est déjà marié et que je n'ai probablement plus la moindre chance d'entrer dans sa vie mais justement parce que je l'aime et que je continuerai à toujours l'aimer secrètement, je crains que sa femme qui est malfaisante — vous ne pouvez pas ne pas l'avoir décelé comme moi dans la voyance que vous lui avez faite — ne tente n'importe quoi pour se débarrasser de lui. Mon devoir d'amoureuse discrète est donc d'aider Marc à nouveau comme je l'ai déjà fait, il y a sept ans, lorsque je suis restée blottie contre lui dans un lit. Si je n'avais pas été à ses côtés cette nuit-là, il serait presque certainement parti avec Béatrice faire en ski le parcours tragique et ce n'est pas une mort qui aurait été à déplorer mais deux... Sous l'avalanche, il se serait passé exactement la même chose que lorsque j'ai perdu mon jeune ami Jacques englouti dans la barque, comme je vous l'ai raconté la première fois où je suis venue vous rendre visite pour vous expliquer mes voyances d'enfant... Il faut m'aider, monsieur Raphaël, pour que je puisse l'arracher à l'emprise diabolique de cette femme!

— Vous savez bien que je ne demande qu'à le faire, mais est-ce possible?

— Il doit exister un moyen que vous seul, avec votre longue expérience de la voyance et votre immense connaissance de l'humanité, pouvez trouver! Je sais que vous êtes fort et lucide alors que moi-même, malgré mes possibilités naturelles et tout ce que vous m'avez appris, je me sens complètement désarmée devant ce cas qui m'atteint directement.

— Cela ne me surprend pas. Vous souvenez-vous que, précisément à l'époque où nous avons fait connaissance, je vous ai dit que tout être possédant le don de voyance, aussi réel soit-il, est incapable de deviner ce qui risque de lui arriver personnellement et ne voit clair que pour les autres? C'est là aussi bien notre sauvegarde que notre drame.

— Vous aviez raison.

— C'est pourquoi ce que vous me demandez est difficile et même délicat... Pensez-vous que, de son côté, cet homme vous aime toujours?

— Je ne sais pas... Quand j'avais dix-huit ans, j'ai vu qu'il m'aimait autant que je l'aimais, mais depuis la nuit où je me suis donnée à lui, l'abandon où il m'a laissée ensuite et l'annonce de son mariage – dont il ne m'a même pas fait part et que j'ai appris par un autre journal deux années plus tard – j'avoue n'avoir plus compris et m'être même dit qu'au fond il n'avait vécu avec moi qu'une courte aventure.

– Et vous vous êtes résignée?

– Non. C'est pour cela que je viens de vivre des années infernales! Et brusquement il y a eu dans mon cabinet l'arrivée de cette femme, qui m'a été tout de suite antipathique, suivie quelques jours plus tard de la photographie m'apprenant qu'elle était l'épouse légale de mon amour. C'est terrible pour moi! J'ai été tellement sincère avec lui que je ne méritais pas cela.

– C'est là l'une de ces traîtrises courantes que vous réserve la vie! Sous l'effet de l'exaltation amoureuse on invente et on se forge un destin qui vous convient, on pare celui ou celle qu'on aime de qualités qu'il n'a peut-être pas, on rêve pendant des semaines, des mois, des années parfois et, un jour, il y a le réveil brutal qui vous ramène à la réalité... Mon enfant – permettez-moi de vous appeler ainsi parce qu'à mes yeux vous serez toujours une enfant, presque « ma » petite-fille – je comprends tellement votre amertume et votre tristesse que je vais essayer de vous aider... A deux, on se sent moins faible. Maintenant vous allez m'écouter calmement puisque vous voulez encore faire quelque chose pour lui. D'ailleurs je suis sûr qu'il ne s'est pas rendu compte lui-même à quel point vous l'aimez! Peut-être avez-vous été trop timide après cette nuit qui vous a marquée? En amour, c'est comme dans tout : il faut savoir battre le fer quand il est chaud.

119

— Vous oubliez qu'il y a eu la mort de Béatrice!
— Même la disparition d'une amie commune n'est pas suffisante pour séparer deux êtres qui s'aiment vraiment.
— Il ne m'a jamais dit qu'il m'aimait.
— Il ne le pouvait peut-être pas?
— Et c'est lui qui m'a abandonnée quand il s'est marié.
— Et si c'était là la vraie raison de cet abandon? Rien ne dit qu'il n'aime pas sa femme!
— Vous parlez exactement comme ma grand-mère! On voit bien que vous êtes de la même génération!
— La génération de ceux qui ne sont plus assez jeunes pour comprendre quelque chose aux mystérieuses lois de l'amour? Détrompez-vous... Comme moi votre grand-mère a sûrement connu des déceptions dont nous n'avons pas à vous parler.
— Véra m'a dit qu'elle avait toujours été heureuse quand elle était mariée et que ce fut malheureusement trop court.
— C'est une autre forme de déception! Mais occupons-nous plutôt de ce qui vous intéresse... Si je comprends bien, il s'agit de tout tenter pour permettre à Marc d'éviter le pire qui, selon vous, l'attend? Savez-vous que c'est encore là chez vous une preuve d'amour?
— Tout ce que je demande maintenant, c'est qu'il soit heureux!
— Même avec cette femme?
Elle le regarda comme quelqu'un qui ne comprend pas qu'on puisse lui poser une pareille question et elle fondit en larmes, balbutiant :
— Ce que vous me demandez là est impossible!
— Et vous prétendez aimer cet homme? Mais,

quand on aime à fond, on est prêt à se sacrifier définitivement! C'est cela, l'amour vrai...

— S'il le fallait, je donnerais ma vie pour lui!

— Voilà une belle déclaration qui, malheureusement, présente l'inconvénient de ne pas être très nouvelle : des millions d'amantes éplorées l'ont faite avant vous. Soyons plus pratiques. Pour venir au secours de cet homme que vous croyez sincèrement être en danger, il faudrait d'abord que nous sachions certaines choses... Vous m'avez bien dit qu'à l'époque où vous étiez aux sports d'hiver il poursuivait des études d'ingénieur?

— Oui.

— Ce qui nous permet de supposer qu'aujourd'hui, après neuf années, il doit être devenu un brillant ingénieur. Où travaille-t-il et pour quelle firme?

— Je ne sais pas.

— Vous n'avez même pas eu la curiosité de le savoir, ne serait-ce, par exemple, que par d'anciens amis de ce groupe de camarades dont lui et vous faisiez partie?

— Depuis le jour où je me suis lancée sérieusement dans la pratique de la voyance, j'ai perdu tout contact avec eux.

— Pourquoi ne pas essayer quand même de retrouver l'un de ces anciens camarades ou l'une de ces anciennes amies qui aurait continué à voir celui qui vous intéresse toujours et qui vous donnerait quelques précisions sur son activité?

— Je ne veux mêler aucun de ces tiers à cette affaire. Il se demanderait pour quelle raison je m'intéresse encore à Marc.

— Avez-vous son adresse?

— Même pas! En arrivant hier soir à Paris, la

première chose que j'ai faite a été de consulter les annuaires de téléphone, aussi bien celui des noms par ordre alphabétique que celui des rues : il n'y est pas. Ensuite j'ai appelé les renseignements en donnant son nom : il est inconnu aux P. et T.

— Pouvez-vous me donner son nom de famille?

— Davault... Marc Davault.

Après l'avoir noté, il ajouta :

— C'est peu mais c'est déjà une précision. Dès que nous aurons son adresse et quand nous saurons quelle est son activité précise, nous essaierons de remonter la filière jusqu'à son épouse et nous verrons... Peut-être même qu'entre-temps elle reviendra nous voir, vous ou moi? Mais comme ce n'est pas du tout certain, mieux vaut, si nous voulons agir vite, avoir recours aux bons offices de quelqu'un qui soit tout à fait anonyme... J'ai l'un de mes vieux amis, avec qui il m'est souvent arrivé d'être en contact pour certains cas difficiles qui, après avoir appartenu aux Renseignements généraux, a quitté la police pour ouvrir une agence de détective privé. Seriez-vous d'accord pour que je lui confie ce travail de recherche? Bien entendu, votre nom ne sera même pas mentionné. Il croira que c'est moi qui ai besoin de ces renseignements.

— Je suis prête à payer, par votre intermédiaire, ce qu'il faudra.

— Cela n'ira pas bien loin car ce ne devrait pas être une tâche compliquée pour un spécialiste... Maintenant vous allez rentrer sagement chez vous et ne plus vous occuper que de votre cabinet et de votre clientèle. Dès que je saurai quelque chose, je vous téléphonerai. Et avant de sortir d'ici vous allez me faire une promesse, sinon je ne fais rien : celle d'oublier pendant quelque temps aussi bien Marc que sa femme.

— Je vous promets d'essayer mais ce ne sera pas facile.

— Il le faut pourtant!

Le cabinet avait repris son activité mais Nadia avait perdu le goût de recevoir la clientèle : elle ne travaillait plus que par routine. Malgré la promesse faite au mage elle ne pensait qu'à Marc et à ce qui risquait de lui arriver. Tout en comprenant qu'elle n'était pas dans son état normal, Véra n'osait pas poser de questions. Situation qui se serait sans doute éternisée si M. Raphaël n'avait téléphoné un soir :

— J'ai préféré attendre que vos consultations de la journée soient terminées pour vous appeler. Je peux parler?

— Je suis seule. Ma grand-mère est dans sa chambre.

— Celui qui vous intéresse habite à Paris dans un appartement situé au 24, boulevard Péreire qui lui appartient et qu'il a acheté voici déjà trois ans. Il y vit avec sa femme et n'a pas d'enfant. Le service est assuré par une bonne portugaise qui est logée au septième. Vous m'avez bien dit que vous aviez appris par un faire-part, inséré dans un quotidien, la date de leur mariage voilà sept ans; mais il y a des détails que vous ne connaissez pas et qui peuvent avoir leur importance : c'est le prénom et le nom de jeune fille de l'épouse ainsi que son âge. Elle est née à Oran il y a trente ans et se nommait Celsa Gonzalez, ce qui laisserait supposer qu'elle serait d'origine espagnole et qui expliquerait son type méditerranéen... Quand elle a épousé à vingt-trois ans Marc Davault, elle était déjà veuve depuis une année, donc une très jeune veuve n'ayant pas d'enfant de sa première union. Etant donné la question qu'elle vous a posée ainsi qu'à moi au cours de deux consultations différentes, je pense que le mot *veuve* devrait prendre une certaine résonance... Autrement dit elle a déjà enterré son premier mari, qui était allemand, né à Leipzig, et qui se nommait Hans Smitzberg, alors qu'il avait dix années de plus qu'elle, soit trente et un ans. C'était un homme d'affaires qui voyageait beaucoup et plus spécialement en Afrique du Nord où il avait sans doute rencontré sa femme, ainsi qu'en Iran où il a fait de fréquents séjours. Si nous résumons, « notre » cliente commune est donc actuellement Mme Marc Davault, ex-Mme Smitzberg... Voilà du précis. Comme son mari français elle possède une voiture, une *Austin* noire dont j'ai le numéro d'immatriculation; je connais également celui de la *Rover* bleu marine de son époux. Renseignements qui pourront également servir.

» Tous les matins, à l'exception des samedis, dimanches et jours fériés, Monsieur part au volant de sa voiture vers 9 heures pour se rendre à son bureau qui se trouve 35, avenue de Friedland. Ce qu'il y fait? Officiellement il a le poste d'ingénieur-conseil à la C.I.T.E.F., cinq lettres qui se traduisent par *Compagnie Internationale de Transport et de Fret*, dénomination assez vague sous laquelle se cache une puissante organisation qui possède une flotte considérable transportant un peu de tout et principalement du pétrole sous pavillon panaméen. Il semblerait que la situation de Marc Davault l'oblige à voyager tout autant que feu Hans Smitzberg, le premier mari de la belle Celsa... Déplacements qu'il fait le plus souvent seul ou accompagné d'un ou deux collaborateurs, mais jamais par son épouse... Quand il est à Paris il ne revient pas déjeuner chez lui en semaine et fait le plus souvent des repas dits « d'affaires » dans des restaurants du style *Taillevant*, *Lucas-Carton*, *Laurent*, etc. En revanche, il rentre scrupuleusement à son domicile vers 18 h 30 et, s'il lui arrive de sortir le soir pour dîner en ville ou aller au théâtre, c'est toujours en compagnie de sa femme. Pendant le week-end, le couple part pour aller je ne sais où et ne revient à Paris qu'assez tard le dimanche soir.

» Il paraît également intéressant de savoir ce que fait Madame pendant ses longues journées de solitude quand son époux n'est pas auprès d'elle... Eh bien, elle semble ne pas trop mal les meubler entre d'interminables séances chez son coiffeur où elle donne l'impression d'être très soucieuse de sa beauté. Il est rare qu'elle sorte de chez elle avant 1 heure de l'après-midi et va le plus souvent déjeuner au *Relais Plaza*, ce bastion de la grande couture, du chic et du snobisme parisiens. Presque toujours elle y retrouve une ou deux amies tout aussi élégantes qu'elle et une fois seule avec un monsieur... Comment est ce personnage? Grand, avec des yeux clairs, aussi blond que Madame est brune, ayant un très net accent étranger tout en parlant convenablement notre langue. La poursuite de l'enquête a révélé qu'il était, lui aussi, souvent en déplacement et que, quand il vient à Paris, il descend plutôt à l'hôtel *Crillon* où il occupe une suite de luxe. Selon la réception et le concierge du palace, il serait hollandais, né à Amsterdam. Son nom d'ailleurs semblerait le confirmer : Peter Van Klyten. L'épouse de votre ami et lui donnent l'impression de se connaître assez bien. Voilà, ma petite Nadia, les premiers renseignements que je puis vous communiquer. Vous reconnaîtrez vous-même que, sans qu'il y ait en eux des faits bien extraordinaires, ils ne manquent déjà pas d'un certain intérêt. J'ai l'impression que, si l'on voulait se donner la peine de pousser l'enquête, on risquerait peut-être de faire d'autres découvertes... Qu'en pensez-vous?

– Il faut la poursuivre! Je ne sais comment vous remercier, vous et votre ami.

– Il n'y a personne à remercier : je n'ai agi à votre égard que par affection et mon ami uniquement parce que le renseignement est la base même de son métier! Donc nous continuons et, dès qu'il y aura du nouveau, je vous téléphonerai... Et chez vous, comment vont les affaires?

– Toujours bien mais si vous saviez à quel point elles m'ennuient!

– Il ne faut pas parler ainsi! Si vos clients, qui ont une telle confiance en vous, vous entendaient, ils seraient très déçus! Comme moi vous avez la chance de pratiquer l'une des plus belles professions qui soient...

– Croyez-vous? Ce n'est tout de même pas elle qui nous aurait permis, aussi bien à vous qu'à moi ni à n'importe quelle voyante au monde, de découvrir tout ce que vient de nous révéler un rapport de police!

– La police est un excellent adjuvant de la voyance, et réciproquement! Si vous saviez le nombre de fois que ces messieurs du quai des Orfèvres ou d'Interpol sont venus me consulter parce qu'ils ne voyaient rien dans leurs propres enquêtes! C'est pour cela que je trouve des plus normal que l'un de leurs anciens champions vienne maintenant à notre aide, ne serait-ce que pour nous rendre la politesse. Et surtout, continuez à conserver votre calme! A bientôt...

Dix jours passèrent pendant lesquels Nadia, anxieuse, n'osa pas téléphoner à M. Raphaël par crainte d'apprendre des choses qui lui feraient encore plus mal. L'atmosphère était pesante dans l'appartement où, les consultations terminées, elle n'échangeait avec Véra que quelques paroles banales. Enfin le vieil homme rappela :

– Nous progressons lentement mais sûrement : je vous ai dit que l'on pouvait compter sur la précision et l'efficacité de mon ami... Vous vous souvenez qu'au cours de notre précédente conversation téléphonique je vous ai dit que le monsieur avec qui l'épouse de Marc avait déjeuné au *Relais Plaza* était hollandais. Eh bien, il y a maldonne sur sa nationalité. Une enquête très minutieuse faite à Amsterdam et dans les principales villes de Hollande semblerait indiquer que ce personnage ne serait pas né dans ce charmant pays. Ce ne sont d'ailleurs pas les Van Klyten qui manquent en Hollande mais aucun d'eux ne correspond exactement à son signalement et mon informateur en arrive à se demander, pour des raisons qu'il ne m'a pas précisées mais qui lui semblent pertinentes, si l'homme en question ne serait pas plutôt allemand? N'oublions pas que le premier mari de la dame l'était, né à Leipzig, c'est-à-dire dans cette portion du territoire germanique qui constitue l'Allemagne de l'Est. Je pense être prochainement en possession d'une photographie de lui toute récente prise avant-hier au moment où il descendait d'un taxi devant l'entrée du *Crillon* au cours de sa dernière venue à Paris. Ce qui constituerait une pièce maîtresse. N'allez surtout pas rôder aussi bien au *Crillon* qu'au *Relais Plaza* où la dame, que vous avez reçue trois fois, vous reconnaîtrait tout de suite si par hasard elle s'y trouvait. Ne bougez pas! On le fait pour vous. Bonsoir.

Le troisième appel arriva trois jours plus tard. Il était laconique, se résumant à ces mots :

– Pouvez-vous venir demain à 19 heures?

Quand Nadia arriva à l'heure prévue, le mage lui présenta deux photographies en couleurs faites avec un appareil polaroïd.

– Voici d'abord Peter Van Klyten... La photo est assez nette.

L'homme était en effet très grand, ayant un crâne complètement dégarni et brillant qui semblait avoir été passé au papier de verre et qui se prolongeait par une nuque puissante. Il portait de grosses lunettes d'écaille derrière lesquelles il était difficile de voir la teinte exacte des yeux.

– Comment le trouvez-vous?

– Avec un type pareil, il peut être en effet allemand ou, tout au moins, nordique. Quel âge a-t-il à votre avis?

– C'est difficile à dire. Le visage et l'ensemble de la silhouette font jeunes. L'absence de cheveux n'est pas, dans son cas, un signe certain de vieillissement. Cet homme doit avoir au maximum une quarantaine d'années : c'est une sorte de colosse bien proportionné. Il me rappelle, en plus grand et en plus jeune, une sorte d'Eric von Stroheim!

– Le monocle en moins.

– Il y a les lunettes...

– De toute façon c'est assez surprenant de penser que la femme de Marc a des rendez-vous avec un pareil individu! Son mari a beaucoup plus d'allure!

— Celui-ci n'en manque pas non plus dans son genre : il reflète la puissance...

— Mais il n'est pas beau! Si vous connaissiez Marc!

— C'est vraiment un très bel homme?

— Physiquement il me plaisait beaucoup il y a huit ans.

— Vous ne l'avez pas revu depuis?

— Seulement sur la photo de l'illustré, en compagnie de sa femme, où je l'ai retrouvé identique à ce qu'il était... En huit ans, on ne change pas tellement, surtout quand on est encore jeune. Aujourd'hui Marc n'a que trente-trois ans : n'est-ce pas le plus bel âge pour un homme?

— C'est exact mais n'oubliez pas que le cœur et les goûts d'une femme sont insondables! Voici maintenant, sur cette deuxième photographie, le même monsieur en compagnie de Mme Davault. Document exceptionnel qui nous montre ces personnages au moment où tous deux sortaient du *Crillon*. Vous reconnaîtrez que mon détective ou ses subalternes savent travailler. Que pensez-vous de cette photo?

— C'est bien ma cliente. Attendez...

Elle fouilla dans son sac et en retira une autre photographie en confiant :

— La voici également avec Marc : j'ai découpé la photographie de l'illustré trouvé au *Vieux Manoir* en pensant qu'un jour ou l'autre elle pourrait peut-être me servir.

— Vous avez bien fait. La comparaison des deux documents est intéressante : la femme y est la même, habillée différemment et toujours élégante...

Seul le partenaire change! Nous pourrions presque dire que nous nous trouvons devant l'éternel trio : le mari, la femme et peut-être « l'amant »?

— Pauvre Marc!

— Pourquoi pauvre? Rien ne dit qu'il ne sera pas un jour très heureux que ce Van Klyten l'ait débarrassé de sa femme?

— J'ai dit pauvre parce qu'il ne se doute de rien.

— Qu'en savez-vous? Ce qui est intéressant, quand on place ces deux documents côte à côte, est de constater que le visage de la dame n'a pas du tout la même expression. En compagnie de son époux, elle sourit... Avec l'autre, elle a le visage plutôt sombre... Cela signifierait-il qu'elle est réellement amoureuse du premier alors qu'elle redoute le deuxième? Du couple de l'illustré émane une impression de confiance mutuelle alors que la sortie du *Crillon* reflète une méfiance réciproque... Vous ne trouvez pas que c'est plutôt curieux? Je dois reconnaître aussi, en la découvrant sur votre photo d'illustré, que M. Davault a un physique des plus agréables et que vous ne vous êtes pas laissé emporter par l'aveuglement de l'amour qui embellit souvent ceux que l'on chérit... J'ai une dernière information à vous communiquer grâce à la même source : Marc Davault, qui n'était pas en France depuis trois semaines, est rentré à Paris hier... Maintenant, qu'est-ce que vous avez l'intention de faire?

— Je ne sais pas.

— Votre perplexité est très compréhensible car je n'ai pas la certitude, dans l'état actuel des choses, qu'une poursuite de l'enquête nous apporte beaucoup d'autres renseignements.

— C'est aussi mon avis mais il faut agir rapidement pour sauver Marc! Mais comment? Je ne vois pas de quelle façon je pourrais m'interposer entre lui et sa femme. Laissez-moi réfléchir pendant quelques jours. Dès que j'aurai trouvé une solution, je vous préviendrai.

Malgré les conseils de prudence du mage, Nadia estima qu'elle possédait maintenant assez d'éléments pour aider Marc à se libérer de la menace qui pesait sur lui et qu'il ignorait certainement. Pourquoi attendre davantage? Et son amour refoulé était là, la tenaillant et s'ajoutant à la jalousie grandissante à l'égard de la dame de pique.

Deux jours plus tard elle se présenta avenue de Friedland au siège de la C.I.T.E.F. où Marc avait son bureau. Et puisqu'il semblait apprécier ce genre de femme, elle prit le soin de se faire le plus élégante possible.

– Qu'est-ce qui se passe? avait demandé Véra au moment où elle allait sortir. Tu t'es faite bien belle...

– J'ai été invitée à assister à un vernissage où l'on m'a dit que je risquais de rencontrer de futurs clients très importants.

– Tu fais du racolage maintenant? C'est nouveau et ça ne cadre pas avec ta façon habituelle d'agir. Ne m'as-tu pas dit maintes fois que c'était une erreur pour une voyante que de courir après la clientèle et qu'il valait mieux la laisser venir?

– C'est vrai, mais il n'est pas mauvais non plus de se faire voir de temps en temps ailleurs que dans son cabinet de consultation.

– Et regarde le bloc où sont inscrits les rendez-vous de cet après-midi! Que dire aux clients?

– Que je serai de retour à 18 heures. S'il le faut je

recevrai exceptionnellement jusqu'à 23 heures. Je pars : je vais être en retard.

Véra n'était pas dupe. Quand la porte donnant sur le palier se referma elle eut même un sourire. Pour que Nadia se soit faite aussi resplendissante, il y avait sûrement une autre raison que ce vernissage qui n'était qu'un prétexte. Qui sait? Peut-être avait-elle l'intention de séduire? Si seulement cela pouvait être vrai, la triste atmosphère de leur vie commune changerait enfin!

L'attente dans le salon de réception de la C.I.T.E.F. ne fut pas longue. Une porte s'ouvrit et Marc parut, égal à lui-même. Pendant quelques instants, il resta muet, la contemplant avec une curiosité où l'étonnement se mêlait à la surprise. Son premier mot fut :

— Toi!
— Mais oui, Marc, moi...
— Sais-tu que tu es devenue superbe?
— En neuf années on change... Il faut croire surtout que je suis devenue femme. Toi, tu n'as pas bougé.
— J'ai vieilli!
— Tu veux rire? Je te trouve magnifique! Le mariage t'a réussi.
— J'ai une épouse merveilleuse et les affaires marchent. Que peut-on demander de plus?
— Tu as un enfant?
— Non, mais j'espère bien que ça viendra! Jusqu'à présent ni Celsa ni moi n'étions très pressés d'en avoir. Nous avons voulu vivre d'abord en amants. Quand les enfants arrivent on s'embourgeoise et ça risque parfois de devenir terrible. Et toi, tu es mariée?
— Non.

— Une aussi jolie femme? Mais qu'est-ce que tu attends?
— Que le Prince Charmant se présente...
— Es-tu bien sûre de ne pas l'avoir rencontré?
— Si, une fois... Seulement il n'a pas voulu de moi!
— Quel idiot!
— C'est aussi mon avis.
— Mais je ne suis pas inquiet : belle comme tu l'es maintenant, tu n'auras aucun mal à en dénicher un autre...
— Qui sait?
— Ne dis pas de bêtises! Alors, qu'est-ce qui t'amène ici?
— J'ai eu envie de te revoir.
— Brusquement tu t'es dit : « Tiens, il faut que je retrouve mon vieil ami Marc. » C'est très gentil de ta part. Ta visite me fait un grand plaisir... Et la psychiatrie, ça continue?
— Non.
— Tu as bien fait de ne pas persévérer : c'était une voie qui ne convenait pas à une fille telle que toi. Je peux bien te l'avouer maintenant : sais-tu que tu m'as inquiété la nuit où tu t'es réveillée à Montgenèvre en me disant que tu venais de voir cette pauvre Béatrice prise sous une avalanche?
— C'était pourtant vrai...
— Oui... Et le lendemain, quand j'ai compris que tu ne t'étais pas trompée, tu as commencé à me faire peur.
— Je sais que tu m'en as voulu alors.
— Ne parlons plus de cela, veux-tu? C'est oublié... Comment va ta grand-mère?
— Toujours en pleine forme! Elle t'aimait beaucoup.
— J'espère que ça continue!

— Sûrement... Seulement tu ne nous as pas donné souvent de tes nouvelles.

— Je vais sans doute te paraître bête, maintenant que je te retrouve radieuse... Je craignais, si nous nous revoyions, que tu ne m'annonces d'autres catastrophes! Aussi ai-je préféré espacer nos rencontres. Tu ne m'en veux pas?

— Mais non! Comment pourrais-je t'en vouloir? Tu m'as appris tant de choses!

— Ma petite Nadia...

— Ah, non, Marc, pas ça!

— Tu as raison. Alors, qu'est-ce que tu fais? Tu travailles?

— Oui. Je gagne même beaucoup d'argent.

— Bravo! Dans quelle branche?

— Ça va peut-être t'étonner : je suis voyante.

— Toi? Ce n'est pas sérieux?

— Tout ce qu'il y a de plus sérieux... Tu n'as donc pas entendu parler de *Madame Nadia*, la célèbre voyante?

— Oh, tu sais, les voyantes et moi...

— Cette femme, c'est pourtant moi.

— Pas possible? Et c'est la psychiatrie qui t'a conduite à cette profession?

— Disons plutôt que c'est un don naturel que j'ai eu dès mon enfance. L'ennui c'est que ça, non plus, tu ne peux pas le comprendre... Et c'est précisément parce que je suis voyante que je suis venue te trouver.

— Tu ne vas pas m'annoncer encore des malheurs?

— J'ai des choses très sérieuses à te dire, Marc... Ne serait-ce qu'en souvenir de ce que nous avons connu tous les deux, je te supplie de m'accorder une demi-heure d'entretien.

— Viens dans mon bureau : nous y serons plus tranquilles.

— Je t'écoute.
— Comme c'est assez délicat, je te demande de ne pas m'interrompre, d'essayer de conserver ton calme et d'oublier l'aversion ou même le mépris que tu peux avoir pour ceux ou pour celles de ma profession. Je ne suis pas là non plus pour te reprocher de m'avoir volontairement oubliée et d'en avoir préféré une autre. Tout ceci appartient au passé. Ce n'est pas une femme délaissée que tu as devant toi mais une amie qui t'aime profondément et qui continuera toujours à le faire, même si nous ne devions plus jamais nous revoir... En ce moment je ne pense pas à moi, mais à toi seul, et uniquement à ton bonheur...

» Marc, tu cours un grand danger! Que tu le croies ou pas, je n'ai pas cessé pendant notre longue séparation de penser à toi et même de consulter sans cesse les cartes pour tenter de savoir où était ton vrai bonheur et j'en suis arrivée à acquérir la conviction qu'il n'a pas exactement la physionomie un peu simpliste que tu viens de lui donner! Que tu connaisses une grande réussite dans tes affaires, c'est probablement certain, que tu aimes ta compagne ne peut pas être mis en doute mais que celle-ci te rende ce sentiment me paraît plus douteux... Je t'en prie, ne te fâche pas! Ecoute-moi plutôt... Il n'y a pas si longtemps j'ai reçu à mon cabinet de consultation la visite d'une femme qui n'était encore jamais venue me voir et dont j'ignorais complètement l'identité qu'elle ne m'a d'ailleurs pas révélée. Une très belle femme dont l'élégance m'a impressionnée... Sais-tu ce qu'elle m'a demandé? Si elle serait bientôt veuve... Quelques jours plus tard, au *Vieux Manoir* que tu as bien connu, mes yeux sont tombés par hasard sur un journal où il y avait un article mondain, illustré de photographies montrant les invités d'une brillante réception. Tu te trouvais parmi eux, accompagné de ta femme, à qui tu souriais, et j'ai cru m'évanouir de saisissement : ton épouse était cette même femme qui était venue me voir pour me poser l'étrange question : *Serai-je bientôt veuve?* Tu conviendras avec moi qu'une femme qui n'hésite pas à parler aussi froidement ne peut pas aimer son mari. Ce mari, c'était toi! C'est pourquoi, depuis cet instant, je suis inquiète, Marc.

– Tu es folle? Celsa ne peut pas avoir dit cela.

– Elle l'a dit, non seulement à moi mais aussi à un autre voyant qu'elle a été également consulter. Et ce n'est pas tout! J'ai vu – au cours de trois consultations différentes qui se sont espacées en moins de quinze jours – dans le jeu de cette femme qu'elle était ambitieuse, égoïste et foncièrement mauvaise... J'ai peur pour toi! Ne crois-tu pas que c'est suffisant pour justifier ma visite d'aujourd'hui?

– Ce que tu viens de dire confirme exactement l'impression que tu m'avais faite il y a neuf ans : j'ai pensé alors que tes prétendues études de psychiatrie finiraient par te conduire à une sorte de démence qui déformerait tout dans tes pensées. Tu crois « voir » les choses et posséder un don mystérieux que j'estime aussi inexistant chez toi que chez n'importe qui. Ce qui te perd, c'est que tu as beaucoup trop d'imagination! Je te répète une fois pour toutes que j'adore ma femme et que je sais qu'elle m'aime. Je suis ennuyé de te dire que si c'est

136

tout ce que tu avais à me révéler en venant ici, il est préférable que tu t'en ailles avant que nous ne nous disions des choses désagréables que nous regretterons ensuite tous les deux. Ne penses-tu pas que ce serait trop bête de ternir le merveilleux souvenir de jeunesse que nous avons l'un de l'autre?

— C'est justement parce que je veux qu'il continue à durer que j'ai parlé ainsi... Crois-moi : il m'a fallu beaucoup de courage pour me présenter aujourd'hui devant toi! J'étais presque certaine que tu m'en voudrais : c'est fait. Si j'ai pris le risque, c'est parce que, même si tu n'as considéré notre amour que comme une passade dans ton existence, je continue, moi, à t'aimer de toute mon âme! Même si cela t'étonne, apprends que tu as été et que tu resteras l'unique homme de ma vie! Je n'en chercherai jamais d'autre!

— Ce qui te porte à croire que tu as le droit, après des années, de te mêler de ce qui ne te regarde pas? Mais tu n'es pas mon ange gardien!

— Que tu l'admettes ou pas, j'estime que tout ce qui peut t'arriver de bon ou de mauvais me concerne aussi. Ce que tu ne comprendras sans doute jamais est que mon amour à ton égard est devenu tellement pur et tellement désintéressé qu'il s'est transformé en une immense tendresse... Une pareille tendresse m'oblige à faire mon devoir à l'égard de l'homme qui est tout pour moi. Je viens de t'en donner la preuve. Que tu le veuilles ou non, je continuerai à t'aider!

— Je le répète : Nadia, tu es folle! Complètement folle!

— C'est possible, mais je ne mens pas.

— Il serait préférable que tu t'en ailles.

— Rassure-toi : je vais le faire, mais je te protégerai à distance. Même si tu ne me revois jamais, chaque fois qu'il t'arrivera quelque chose de bénéfique, ce sera grâce à ton amie Nadia.

— Un fantôme?

— Pourquoi pas? Ce rôle me convient. Il y a des fantômes auxquels on n'attache aucune importance et qui sont vos alliés alors que l'on est entouré de vivants qui vous haïssent. Avant de partir, j'ai encore deux ou trois choses à te dire, à toi qui ne crois pas à la voyance, et qui te feront peut-être réfléchir quand je ne serai plus là physiquement à tes côtés. Voici des précisions qui vont te prouver inéluctablement que je ne suis pas qu'une rêveuse ou une imaginative... Ta femme a un amant qu'elle retrouve quand tu es en voyage et qu'elle voit souvent, même quand tu es là! Je n'ai pas à te révéler son nom. Ce n'est pas mon rôle de véritable amie. Si tu veux en avoir la certitude, tu n'as qu'à la faire surveiller : il y a des agences spécialisées pour ce genre de travail. Ce doit même être la vraie raison pour laquelle elle ne cherche qu'à se débarrasser de toi.

— Cela suffit! Tu viens de porter une accusation grave que je n'admets pas! Va-t'en!

Il s'était dressé, pâle. Elle aussi se leva lentement, continuant à le regarder en face, soutenant son regard devenu fou.

— Nadia, contrairement à ce que tu as voulu me faire croire tout à l'heure, tu n'es plus mon amie. C'est la jalousie seule qui t'a ramenée jusqu'à moi et pas le désir sincère de m'aider. C'est toi la mauvaise femme!

Les yeux embués de larmes, elle partit sans répondre.

Rentrée chez elle, Nadia alla directement s'enfermer dans sa chambre sans prêter attention aux clients qui attendaient dans le vestibule. Elle semblait n'avoir même pas entendu Véra qui l'avait suivie jusqu'à la porte de la chambre en disant :
— Mais, chérie, qu'est-ce que je vais raconter à tous ces gens qui patientent depuis si longtemps ?

Plus rien n'intéressait Nadia. Sachant qu'elle avait menti à Marc en se servant d'un rapport de police et pas uniquement de son don de voyance pour lui dire ce qu'elle croyait savoir des agissements de son épouse, elle s'en voulait de son propre comportement d'amoureuse. Mais comment aurait-elle pu agir aussi rapidement et – elle en était sûre – avec autant d'efficacité puisqu'elle ne pouvait plus vivre sans lui ? Qu'importait, après tout, qu'il aimât sincèrement sa compagne ! Son seul but était maintenant de parvenir à le détacher d'elle... Bien sûr, elle lui avait parlé d'amitié désintéressée mais, entre ce que dit une amoureuse et la véracité de ses pensées, il y a un abîme ! Et le jeu de cartes n'était-il pas toujours là, révélant, chaque fois qu'elle le consultait, que seule la dame de cœur, placée au bas du jeu, finirait par triompher ?

Ce que sa passion secrète l'avait empêchée de voir et qu'elle ne découvrirait sans doute que lorsqu'il serait trop tard, c'était que cette dame de cœur n'était peut-être pas elle, Nadia, mais Celsa, la femme légitime... Dans ce cas, toute l'explication du jeu se modifierait : ce serait elle-même, Nadia, qui deviendrait la dame de pique malfaisante ayant succédé à Béatrice qui n'avait été qu'une dame de trèfle éphémère. En réalité, aveuglée par un amour sans espoir, qui amenuisait son pouvoir de divination, Nadia ne parvenait plus à déceler la vérité... Il y avait aussi une étrange contradiction : comment pouvait-elle être cette dame de pique qui rêvait d'être *veuve* puisqu'elle-même n'était pas mariée? C'était un cycle infernal. A moins que – mais cela non plus elle ne pouvait pas l'imaginer, ayant pris, depuis son enfance, l'habitude d'être trop sûre d'elle à la suite de voyances qui, toutes sans exception, s'étaient révélées exactes – son don exceptionnel ne soit pas infaillible?

Une nouvelle semaine passa, aussi monotone que les précédentes, avant que la sonnerie du téléphone ne retentisse un matin au moment où elle s'installait dans son cabinet pour y accueillir les premiers clients de la journée. C'était la voix de Marc :

– C'est toi? Peux-tu me recevoir tout de suite? c'est urgent.

– Qu'est-ce qui t'arrive?

– Je ne peux te le dire que de vive voix. Je t'en supplie, j'ai besoin de te voir. Ce qui m'arrive est terrible!

La voix était angoissée.

– Je me libère rapidement des clients qui sont déjà là et je t'attends à midi.

Puis elle dit à Véra :

– N'accepte personne de 12 à 14 heures. Marc vient me voir.

– Marc? Qu'est-ce qui lui prend brusquement, depuis le temps qu'il ne t'a pas donné de ses nouvelles? Et tu le reçois quand même sur un simple appel de sa part après sa conduite à ton égard? Tu ferais mieux de me dire tout de suite que tu l'aimes toujours.

– Oui, je l'aime! Ça te gêne?

— Moi ? Pas du tout... Ce sont d'autres que ça risque de déranger.
— Je m'en moque !
— Fais quand même attention. N'oublie pas qu'il est marié.

A midi il était là après avoir serré la main de Véra dans le vestibule :
— Je suis heureux de vous retrouver. Savez-vous que vous n'avez pas changé ?
— Vous non plus, Marc. Moi aussi je suis très contente de vous revoir. Elle vous attend...
Dès que la porte du cabinet se fut refermée, il demanda :
— Tu es bien sûre qu'elle ne peut pas nous entendre ? Ce que j'ai à te dire ne concerne que toi, ou plutôt la voyante que tu es devenue.
— Véra est la discrétion même. Tu peux parler.
— Je dois d'abord te faire des excuses pour l'autre jour. Mais que veux-tu ? Je ne croyais toujours pas à ton don, alors qu'aujourd'hui je commence à me demander s'il n'est pas réel. Tu me pardonnes ?
— Mais oui, sinon je ne t'aurais pas reçu. Je t'écoute.
— Quand tu as quitté mon bureau je t'en voulais beaucoup, estimant que tu venais de me faire une scène ridicule d'ex-amante délaissée mais, très vite, j'ai réfléchi et je me suis dit qu'il n'était pas possible qu'une femme, qui s'était toujours montrée aussi loyale à mon égard, ne soit venue me trouver que pour me dire des sottises nées uniquement de son imagination ou de sa jalousie. Tout ce que tu m'as raconté sur Celsa est vrai ! Suivant ton conseil, je l'ai fait filer par une agence de police privée et j'ai acquis la preuve qu'elle voit cet homme... Bien

entendu, j'ai pris soin de ne lui faire aucune remarque à ce sujet et j'en suis arrivé à une conclusion qui va sans doute te paraître assez étrange : si Celsa a des rendez-vous avec cet individu, ce n'est pas, contrairement à ce que tu peux penser, parce qu'elle me trompe.

– Qu'est-ce qui te fait dire cela?

– Parce qu'elle m'aime trop! Autant que je l'aime moi-même... Vingt fois, cent fois pendant cette semaine j'ai eu envie de lui lâcher le paquet mais elle a su se montrer une telle amoureuse que je n'ai pas pu... Je me disais : « Ce n'est pas possible qu'une épouse qui se conduit ainsi dans l'intimité puisse avoir envie d'être la femme d'un autre homme! » Il y a donc autre chose, mais quoi? Il faut que, grâce à ton don, tu m'aides à débrouiller cela pour que je puisse garder Celsa pour moi tout seul. Tu n'as pas le droit de me refuser cette aide! Ne m'as-tu pas dit toi-même la semaine dernière, que, même si nous ne devions plus nous revoir, tu continuerais à venir à mon secours s'il le fallait?

– C'est vrai et je maintiens ce que je t'ai dit bien que ma confiance en elle soit loin d'égaler la tienne... Mais j'estime que mon devoir est de te rendre service pendant tout le temps qu'il me restera à vivre. Aussi vais-je te poser une question primordiale : as-tu connu son premier mari?

– Cela aussi tu le savais quand tu es venue me voir : qu'elle était veuve quand je l'ai rencontrée?

– Oui.

– Grâce à tes cartes?

Une nouvelle fois elle mentit :

– Grâce aux cartes...

– Comment peut-on voir autant de choses dans les cartes?

— C'est mon métier.
— Tu ne connais quand même pas le nom de cet homme?
— Smitzberg... Il était allemand, né à Leipzig.
— Vraiment, tu es sidérante! Quel âge avait-il quand il est mort?
— Tout au plus une trentaine d'années...
— Inouï! Tu vas peut-être me dire aussi que tu l'as connu?
— Je ne l'ai vu que dans les cartes...
— Et qu'est-ce qu'il faisait?
— Sa situation était similaire à la tienne : comme toi il devait être ingénieur ou technicien dans des affaires de pétrole.
— C'est exact.
— Et toi, Marc, tu l'as connu à cette époque?

Il eut une courte hésitation avant de répondre :
— De loin... Mais nous n'avons jamais eu de vrais rapports ensemble.
— Tu l'avais aperçu en compagnie de sa femme qui est devenue ensuite la tienne?
— Non. Je n'ai rencontré Celsa par hasard, au cours d'une réception à Alger, que quand elle était déjà veuve depuis un an. Elle m'a tout de suite plu.
— Il faut reconnaître qu'elle est belle... En somme tu as eu le coup de foudre?
— Quelque chose comme cela...
— En quelle année est-il mort?
— Ça fait aujourd'hui huit années puisque Celsa et moi sommes mariés depuis sept.
— Tout de suite après votre rencontre?
— Deux mois plus tard. J'étais complètement emballé.
— Mariés à Paris?

— A Alger.
— C'est sans doute pourquoi tu ne m'as pas invitée à tes noces?
— Ni toi ni aucun de mes amis de France. Le faire-part n'a été publié que plus tard dans les journaux lorsque nous sommes revenus à Paris.
— Je l'ai lu. Tes parents ont quand même assisté au mariage?
— Même pas. Je les ai mis devant le fait accompli et ils n'ont fait la connaissance de leur belle-fille à Paris que lorsqu'elle était déjà ma femme. J'ai craint qu'ils ne soient assez étonnés de me voir épouser une Algérienne.
— Pourtant, par son premier mariage elle avait déjà acquis la nationalité allemande?
— Elle a conservé les deux nationalités.
— Peut-être auraient-ils redouté de te voir marié avec une musulmane?
— D'origine espagnole, Celsa n'a jamais pratiqué aucune religion.
— Qu'ont-ils dit quand tu la leur as présentée?
— Rien. Mais je l'avoue : ils n'ont jamais été très satisfaits. C'est pourquoi eux et moi nous ne nous voyons qu'assez peu.
— Je comprends. C'est sans doute pourquoi ils ont également vendu leur propriété de Sologne, ne pouvant admettre qu'un jour viendrait où une étrangère s'y installerait?
— Peut-être mais, de toute façon, Celsa déteste la campagne. Elle n'aime que Paris.
— Ça lui convient mieux... Reste assis et ne bouge surtout pas! Puisque, malgré cette visite, tu ne sembles pas avoir encore une très grande confiance dans les cartes, je vais utiliser un autre mode de voyance.

Elle avait enlevé le voile de protection, qui recouvrait la boule de cristal posée à droite sur sa table, en confiant :

— Il arrive souvent qu'elle m'aide à préciser certains points obscurs...

Concentrée dans l'examen de la boule, elle demeura un long moment silencieuse avant de dire :

— Les brumes se dégagent... Je vous vois maintenant très nettement tous les deux, Celsa et toi, le jour de votre première rencontre à Alger... Cela s'est passé en effet au cours d'une réception dans le salon d'un genre de palais dont je ne vois pas bien les contours et où il y avait beaucoup de monde... Vous êtes là, face à face... Elle porte une sorte de sari et toi tu es en smoking blanc... C'est bien ça?

— Oui. C'était au palais du Gouvernement.

— Elle est véritablement intéressante et toi, comme toujours, bel homme... Tu sembles être très ému... Elle aussi! Ne dis rien! Je commence à entendre votre conversation. C'est elle qui a parlé la première après les présentations.

— *Vous a-t-on dit que j'étais veuve?*
— *Oui.*
— *Et que je me nomme Celsa Smitzberg, mon ex-mari étant allemand?*
— *Cela ne me gêne nullement et prouve que vous avez une certaine affinité pour l'Europe.*
— *C'est vrai et cela ne m'ennuierait pas du tout, si l'éventualité se produisait, de refaire ma vie avec un Français. Oui, j'aime beaucoup l'Europe! L'un de mes grands rêves serait aussi de vivre à Paris.*
— *J'habite Paris.*

— Vous n'êtes pas marié au moins?
— Célibataire.
— Serait-ce indiscret de savoir ce que vous faites à Alger?
— J'y viens de temps en temps pour mon métier qui me contraint à de fréquents déplacements.
— Quel genre de métier?
— Ingénieur-conseil. Je travaille pour une importante maison d'importation en tous genres dont les navires transportent surtout du pétrole.
— Du pétrole? Mais vous êtes un homme passionnant. Le plus curieux est que mon mari s'occupait lui aussi d'affaires semblables.
— Vous habitiez en Allemagne.
— Figurez-vous que je n'y ai jamais été! Ce pays ne me disait pas grand-chose. Je suis une femme de soleil. Etant née ici, j'ai préféré continuer à y habiter.
— Comme je vous comprends! Aussi suis-je étonné que vous ayez envie d'habiter à Paris dont le climat n'est pas tellement différent de celui de certaines régions d'Allemagne?
— Il y a une immense différence : il n'y a qu'un Paris au monde!
— Vous n'y avez jamais été?
— Non, mais je ne désespère pas que cela arrive...
— Ne croyez-vous pas que ce serait préférable, si vous avez l'intention de refaire votre vie, d'épouser plutôt l'un de vos compatriotes?
— Si je ne l'ai pas fait en première noces, ce n'est pas pour le faire en secondes! J'épouserai ou un Français ou à la rigueur un Américain.
— Pourquoi un Américain?
— Pour une raison toute simple : généralement ces hommes-là ont de l'argent et je hais la pauvreté. Vous voilà prévenu. Je suis très franche. Je ne cherche pas

un milliardaire mais au moins un époux qui ait une situation lui permettant d'offrir à sa femme ce superflu dont nous rêvons toutes plus ou moins et qui facilite la véritable harmonie d'un couple.

— *C'est tout ce que vous recherchez dans le mariage ?*

— *Je veux aussi que cet homme me plaise... Ce qui est votre cas.*

— *Croyez bien que c'est réciproque.*

La vision reflétée par la boule de cristal s'était obscurcie.

— Je ne vois plus rien, dit Nadia.

— Qu'est-ce que nous nous sommes dit, Celsa et moi ?

— Votre conversation a été banale... Peut-être est-ce la raison pour laquelle tu l'as épousée aussi vite ? On ne peut pas tout se dire la première fois où l'on se rencontre... La seule chose que tu as pu comprendre ce jour-là était qu'elle aimait l'argent.

— Elle l'aime toujours et elle a raison. Moi aussi j'aime l'argent... Pas toi ?

— Oh! moi...

— Ne m'as-tu pas dit que ta profession t'en rapportait beaucoup ?

— C'est vrai.

— Alors ?

— Alors rien.

— Que peux-tu faire pour m'aider à découvrir la vraie raison de ses rencontres avec ce Hollandais ?

— Tu connais son nom ?

— Peter Van Klyten selon les renseignements de l'agence.

— Et s'il n'était pas hollandais mais allemand ?

Il tressaillit :

— Qu'est-ce qui te fait dire cela ?

— Une idée comme ça... Un Allemand de l'Est par exemple, comme son premier mari qui était né à Leipzig ? Et, dans ce cas, pourquoi ces deux hommes ne se seraient-ils pas connus avant que l'un des deux ne disparaisse ? Il y a parfois de ces coïncidences... Cela pourrait expliquer que ta femme revoie un ancien ami ou même une simple relation d'affaires de son ex-mari... Il ne lui est jamais arrivé, pendant vos sept ans de mariage, de prononcer devant toi ce nom de Van Klyten ?

— Jamais ! Pourquoi l'aurait-elle fait ?

— On ne sait pas... Simplement peut-être par étourderie ?

— Celsa n'a rien d'une étourdie ! Elle sait très bien ce qu'elle dit et je dirai même qu'elle pèse ses mots.

— Sur ce point-là tu as raison : je m'en suis rendu compte les trois fois où elle est venue me consulter ici... Cherche bien quand même dans ta mémoire : *Van Klyten* ou le prénom *Peter ?*

— Je n'ai jamais entendu prononcer ce nom et ce prénom avant de les lire dans l'enquête de l'agence... D'ailleurs, Celsa ne m'a parlé d'aucun ami de son mari et c'est tout juste si j'ai rencontré à Alger, pendant les semaines qui ont précédé notre mariage, une ou deux personnes qui avaient connu Smitzberg.

— Quel genre ces « une ou deux personnes » ?

— Sans intérêt... Un portier d'hôtel et je crois aussi un maître d'hôtel dans le même établissement où il avait séjourné pendant quelques jours avec Celsa avant d'aller habiter avec elle dans un appartement.

– Appartement qu'elle avait conservé après son veuvage ?
– Oui. C'était une location faite par son mari. Elle l'a résiliée quand nous nous sommes connus et nous avons habité l'hôtel jusqu'au jour de notre mariage. Le lendemain nous sommes partis pour Paris. Je peux te garantir qu'ensuite Celsa n'est jamais retournée en Algérie.
– Et toi ?
– Moi oui : au moins deux fois par an pour des affaires. Il m'est même arrivé de proposer à Celsa de m'accompagner au cours de l'un de ces voyages, pensant que cela lui ferait plaisir de revoir son pays : elle a toujours refusé.
– Tu ne trouves pas cela bizarre ?
– Je trouve au contraire que c'est très normal : Celsa n'a pas connu, d'après ce qu'elle m'a confié, une jeunesse très heureuse là-bas.
– Alors pourquoi n'a-t-elle pas voulu en bouger pendant le temps de son union avec Smitzberg ?
– Il voulait toujours l'emmener en Allemagne et ça ne lui disait rien.
– Elle n'a même pas eu la curiosité de faire, ne serait-ce qu'une fois, la connaissance de la famille de son premier époux ?
– Elle m'a dit qu'il n'avait plus aucune famille et que tous les siens, à l'exception de lui qui avait été caché dans une ferme aux environs de Leipzig, avaient été massacrés pendant l'invasion russe à la fin de la guerre.
– Et la famille de ta femme, tu l'as vue à Alger au moment de votre mariage ?
– Elle non plus n'avait plus personne.
– Par la faute de la guerre d'Algérie ?
– Même pas. Elle n'a pas connu ses parents.

— Disons que sa plus grande chance a été d'être très belle : ça lui a permis de se marier deux fois!
— Ne sois pas odieuse! Ça ne te va pas.
— Ce qui serait intéressant de savoir c'est comment elle a fait la connaissance de ce Van Klyten? Si nous le découvrions, nous aurions déjà franchi un grand pas... Laisse-moi vingt-quatre heures. Ce soir, dans le calme de la nuit, je vais reconsulter la boule.
— Que t'apprendra-t-elle de plus que ce que tu viens d'y voir?
— On ne sait jamais... Le plus grand mystère de la boule de cristal est qu'elle est capricieuse : elle ne livre ses secrets que petit à petit... Je t'appellerai après-demain matin vers 10 heures. J'espère pouvoir te communiquer alors le fruit de mes observations... Surtout ne parle pas de moi à ta femme! Tels que je crois avoir deviné ses sentiments à mon égard, elle me tuerait!

Les clients de l'après-midi ne l'intéressèrent pas plus que ceux des jours précédents. Elle ne les reçut que par routine, étant beaucoup trop obsédée par le souvenir de la conversation qu'elle venait d'avoir avec Marc. Pendant le dîner Véra demanda :
— Je n'ai pas pu te parler depuis la visite de Marc. Qu'est-ce qu'il voulait?
— Mon aide.
— Lui, un homme qui paraît être aussi sûr de sa personne?
— J'ai l'impression qu'il commence à croire en mes possibilités de voyante.
— Enfin! Ce n'est pas trop tôt! Il a des ennuis? Peut-être à cause de sa femme?

— Qui n'en a pas dans un couple après sept années de mariage ?

— Et s'il ne l'aimait plus ?

— Détrompe-toi : il l'adore... Tu ne m'en voudras pas si je ne regarde pas avec toi à la télévision ce film qui nous intriguait ? Tu me le raconteras demain. Ce soir il faut absolument que je continue à travailler dans mon cabinet.

— Toute seule, sans client devant toi ? Tu ne l'as jamais fait !

— Oublierais-tu le grenier du *Vieux Manoir* où je restais seule pendant des journées entières ? Cette nuit, ça peut durer longtemps. Ne t'inquiète surtout pas si je me couche tard. Bonsoir, mamie.

Deux heures plus tard, quand Véra rejoignit sa chambre, elle vit, à la lumière filtrant sous la porte du cabinet, que Nadia s'y trouvait toujours. Que pouvait-elle bien y faire ? Consulter les cartes pour la centième fois au sujet de Marc pour savoir s'il allait enfin lui revenir ? Une fois de plus la grand-mère était dans l'erreur.

Penchée à nouveau sur la boule de cristal, Nadia essayait, avec tout l'entêtement dont elle était capable, d'y voir d'autres images qui lui permettraient de venir très vite au secours de Marc. Après une première demi-heure pendant laquelle les visions s'étaient succédé floues et imprécises, concentrant entièrement son attention sur la femme de Marc, l'appelant de toutes ses forces mystérieuses, elle la vit enfin réapparaître... Elle ne portait plus le sari et ne conversait pas avec Marc dans un salon au cours d'une réception, mais se trouvait en présence d'un autre homme dans une chambre d'hôtel dont la voyante ne pouvait déceler s'il se trouvait à Paris ou ailleurs et dont les murs, recouverts d'un triste papier peint délavé par le temps, étaient sinistres. Tout d'ailleurs dans la pièce assez exiguë, depuis le mobilier et le lit dont la couverture n'était même pas défaite jusqu'aux rideaux fermés – comme si ses occupants voulaient éviter tout contact avec l'extérieur – était banal et presque sordide. La lumière provenait de deux petites lampes de chevet posées sur des guéridons encadrant le lit. Une lumière diffuse éclairait faiblement les visages des deux interlocuteurs qui semblaient se complaire dans cette demi-pénombre.

Et pourtant ces visages tendus l'un vers l'autre, Nadia les avait tout de suite reconnus malgré le grand chapeau de feutre noir que portait la femme vêtue d'un strict tailleur gris et, pour une fois, d'une élégance discrète. Ses yeux, émergeant du visage que Nadia n'avait jamais connu aussi pâle, exprimaient l'angoisse. L'homme était Van Klyten, le personnage au crâne rasé et à la carrure impressionnante dont l'identité avait été révélée quelques jours plus tôt sur les photographies transmises par le détective à M. Raphaël. Un Van Klyten qui s'exprimait sur un ton glacial dans un français aux intonations gutturales :

– *Ne m'en veuillez pas, madame, de vous avoir fait venir en un lieu aussi déplaisant mais il m'était difficile de vous voir ailleurs pour une première rencontre.*

– *Dans votre appel téléphonique vous m'avez dit que vous aviez été un grand ami de mon premier mari et qu'il vous paraissait indispensable que j'apprenne certaines choses importantes à son sujet? Vous savez pourtant qu'il est mort depuis huit années et que je suis déjà remariée depuis sept ans avec un ingénieur français... Qu'est-ce que tout cela signifie?*

— Smitzberg était aussi un ingénieur, mais allemand.

— Vous ne m'apprenez rien. Et vous, monsieur, d'où venez-vous ?

— Comme mon non l'indique, je suis hollandais mais j'ai très peu vécu dans mon pays. Comme vos deux époux, j'ai beaucoup voyagé pour l'exercice de ma profession.

— Peut-on la connaître ?

— Comme eux également je m'occupe d'affaires de pétrole. C'est ce qui m'a permis d'être assez lié avec Smitzberg.

— Ne trouvez-vous pas curieux que je ne l'aie jamais entendu prononcer votre nom une seule fois, devant moi ?

— Sans doute a-t-il jugé que ce n'était pas nécessaire ? Vous avez été mieux placée que moi pour savoir que Hans Smitzberg était un homme très discret ?

— C'est exact. D'ailleurs je ne lui ai guère posé de questions sur son activité. Je savais qu'il travaillait en effet pour une firme pétrolière et qu'il avait une excellente situation lui permettant de m'offrir ce que je n'avais jamais eu avant de le rencontrer.

— Vous vous êtes mariés assez vite, je crois ?

— Un mois après notre rencontre à Alger.

— Rapidité qui s'est reproduite pour votre second mariage avec M. Marc Davault ?

— Monsieur Van Klyten, je suis une femme qui plaît...

— Je m'en suis rendu compte, mais rassurez-vous : je ne vous ferai pas la cour pour le moment puisque vous êtes mariée... Après, qui sait ?

— Qu'est-ce que vous voulez dire ?

— Que tout homme est mortel, chère madame, et qu'un accident est vite arrivé...

153

— Serait-ce une menace à l'égard de mon second mari ?

— Je pense que vous savez dans quelles circonstances est mort votre premier mari ?

— Parfaitement : d'un stupide accident de voiture... Depuis notre mariage nous habitions dans l'appartement que Hans avait loué intentionnellement en plein centre de la ville et uniquement pour me faire plaisir. Oui, j'aime le mouvement et la vie... Je déteste me sentir seule ! Ce qui devait être un peu mon lot, même mariée, puisque Hans m'avait expliqué que sa profession l'obligerait à effectuer de fréquents déplacements et voyages aussi bien en Afrique qu'au Moyen-Orient et en Allemagne de l'Est où se trouve à Leipzig le siège de la société pour laquelle il travaillait depuis plusieurs années. Et j'en pris mon parti. Tout ce que je voulais alors, ayant manqué de tout, était de connaître un certain confort dans cette même ville d'Alger où j'avais connu la misère. J'étais donc très satisfaite de mon sort et j'estime même avoir eu beaucoup de chance de rencontrer un homme de la classe de Hans qui m'avait demandé de l'épouser quarante-huit heures à peine après m'avoir rencontrée.

— Tout cela est infiniment romantique... En somme vous étiez heureuse ?

— D'une certaine manière, oui.

— En dehors des avantages que lui apportait sa situation, serait-ce indiscret de vous demander ce qui vous attirait en lui ?

— D'abord sa qualité d'Européen. J'étais farouchement décidée à ne pas épouser l'un de mes compatriotes et même un musulman par crainte de me sentir trop surveillée... Un Européen est plus large d'esprit avec sa femme... Ensuite, puisque vous l'avez bien connu, vous-même devez le reconnaître : Hans était *bel homme et j'aime les beaux hommes! Mon second mari est, lui aussi, très bien de sa personne... Mais, au fait, puisque vous venez de prononcer à son sujet quelques paroles qui ne me laissent pas sans inquiétude, vous devez également le connaître?*

— *Uniquement de vue... Revenons, si vous le voulez bien, au regrettable accident de voiture.*

— *Ce fut brutal. Un matin vers 10 heures, Hans qui était rentré l'avant-veille de Leipzig, quitta notre appartement d'Alger en me disant qu'il devait aller visiter une raffinerie de pétrole à une cinquantaine de kilomètres dans les environs de la ville et qu'il ne serait pas de retour avant 18 heures. Je ne m'inquiétais nullement : il lui arrivait fréquemment de faire de tels déplacements. Trois heures plus tard, alors que je m'apprêtais à sortir pour faire quelques courses en ville, la police se présenta pour m'annoncer qu'il lui était arrivé, deux heures plus tôt, un accident grave sur la route et qu'on l'avait transporté d'urgence dans une clinique où l'on m'accompagna dans la voiture de police. Quand j'y arrivai, il était déjà mort. Lorsque je le vis, allongé sur le lit de la chambre mortuaire, son visage était intact : ce qui me permit de le reconnaître immédiatement. En revanche, on ne voulut pas me laisser voir son corps recouvert d'un drap en m'expliquant que ce serait pour moi une vision trop affreuse et inutile : sous le choc de l'accident, il avait eu le thorax enfoncé. J'appris ainsi qu'en réalité, ayant été tué sur le coup, il n'avait pas eu le temps de souffrir. C'est tout : j'étais veuve à vingt ans.*

— *C'est terrible! Il était seul dans la voiture?*
— *Seul.*
— *Vous avez dû avoir beaucoup de chagrin?*

Il n'y eut pas de réponse. Le visage de Celsa

demeura hermétique pendant quelques secondes avant qu'elle ne dise :

— Mais enfin, monsieur, ce n'est pas pour raviver d'aussi tristes souvenirs que vous avez manifesté le désir de me rencontrer de toute urgence?

— Certainement pas, madame. Ce que je dois vous apprendre aujourd'hui est que cet accident, qui a coûté la vie à Hans Smitzberg, a été prémédité et soigneusement préparé. Autrement dit, il n'est pas mort accidentellement : il a été assassiné.

— Quoi?

— Oui, madame Davault. Nous avons la preuve formelle que le boîtier de direction de la voiture de votre premier mari avait été trafiqué dans le garage où était remisée sa voiture pendant la nuit qui a précédé l'accident. Ceci a été fait d'une telle façon qu'inéluctablement celui-ci devait se produire soit à l'aller, soit au retour du parcours qu'il devait effectuer. Il a eu lieu exactement cinq cents mètres avant qu'il n'arrive à la raffinerie où on l'attendait : la voiture s'est écrasée contre un mur.

— Comment se fait-il que la police ne me l'ait pas dit quand elle est venue m'avertir?

— Tout simplement parce qu'elle n'en savait rien et qu'elle s'en moquait! Smitzberg n'était pas un ressortissant algérien mais un étranger et la voiture n'était plus, après l'accident, qu'un amas de ferraille d'où il était très difficile d'extraire la vérité. Pour cela il aurait fallu faire examiner une par une toutes les pièces par des spécialistes : ce qui n'a malheureusement pas été fait tout de suite. C'est pourquoi l'accident a été attribué soit à une brusque déficience cardiaque, soit à une faute de conduite.

— Mais c'est épouvantable!

— C'est, hélas, la vie... ou la mort!

— *Vous êtes de la police?*

— *Nullement. Disons que j'appartiens à une organisation qui préfère faire sa police elle-même : elle trouve que c'est plus sûr et certainement plus efficace.*

— *Et vous avez découvert le sabotage de la pièce?*

— *Oui, madame, quinze jours plus tard. Ce fut long et difficile. Il nous a d'abord fallu récupérer tout ce qui restait de la voiture.*

— *Et pourquoi, ayant découvert la vérité, ne l'avez-vous pas révélée à la police officielle?*

— *Nous avons estimé que c'était là une affaire qui ne regardait que nous...*

— *Vous auriez pu au moins me le confier, à moi?*

— *Après mûre réflexion nous avons également pensé que vous étiez la dernière personne à mettre dans ce secret au moment où les événements se sont produits. Ceci pour deux raisons : d'abord, pardonnez-moi de vous le dire aussi crûment, les femmes sont souvent bavardes... Ensuite, à quoi cela aurait-il pu vous servir? Ça vous aurait plutôt desservie... Réfléchissez : au début de cette conversation vous-même n'avez guère hésité à me confier les motifs essentiels qui vous ont incitée à faire ce premier mariage alors que vous étiez encore très jeune... C'était surtout le besoin de connaître un confort relatif qui vous inspirait : ce que d'ailleurs personne ne pourrait vous reprocher. A chacun son optique des choses! Reconnaissez-le vous-même : il n'y avait pas tellement d'amour dans tout cela... La façon dont vous venez de me raconter, avec une sérénité pour le moins surprenante, ce qui s'est passé le jour de l'accident le prouve... Au fond j'ai plutôt l'impression que la disparition de ce premier époux était une sorte de libération dont vous n'avez pas tellement tardé à profiter pour en trouver un* second, également étranger, alors? Mieux valait, ne serait-ce que pour la tranquillité de votre conscience, vous laisser dans l'ignorance de la réalité des faits. N'est-ce pas votre avis?

— Comment se fait-il que vous me racontiez cela aujourd'hui?

— Parce qu'il nous paraît utile que vous le sachiez après quelques années.

— Utile?

— Oui, grâce à cette révélation c'est vous qui allez nous être très utile...

— Moi?

— Je vous expliquerai ça à notre prochaine rencontre... Car il y en aura une, n'en doutez pas!

— Et si je répétais tout ce que vous venez de me dire à la police?

— Quelle police?

— Mais... n'importe laquelle! Une police est toujours intéressée lorsqu'il s'agit d'un crime! Et que faites-vous d'Interpol?

— Ce sont des faits qui se sont produits il y a déjà huit années. Puisque nous sommes en France vous pourriez, maintenant que vous êtes devenue partiellement française par votre mariage, vous adresser à la police française mais croyez-vous qu'elle tiendra tant que cela à se mêler d'une affaire qui s'est déroulée sur le territoire algérien? Quant à la police algérienne, ça me surprendrait qu'elle se préoccupe beaucoup de la façon dont un citoyen allemand est mort, à moins que celui-ci n'ait été pour elle un précieux auxiliaire, ce qui ne semble pas avoir été le cas pour Smitzberg... Alors, vos révélations tardives risqueraient fort d'être classées d'un côté ou de l'autre.

— Et pourquoi ne pas m'adresser à la police allemande?

— C'est en effet une idée logique puisque votre ex-époux était citoyen allemand... Seulement n'oublions pas qu'il existe deux polices allemandes bien distinctes l'une de l'autre : celle de l'Allemagne de l'Ouest et celle de l'Allemagne de l'Est... Normalement ce devrait, puisque Smitzberg était né à Leipzig, plutôt être cette dernière qui prendrait l'affaire en main... Mais je me demande si elle souhaite tellement donner un certain retentissement à ce crime dont, je peux vous l'assurer, elle s'est occupée discrètement en son temps.

— Qu'est-ce qui prouve que, contrairement à vos affirmations de tout à l'heure, vous-même n'appartenez pas à cette dernière police?

— Ce serait possible mais, que vous me croyiez ou non, ce n'est pas le cas. Je vous le répète : j'appartiens à une organisation – que l'on pourrait qualifier de « parallèle » aux polices officielles – qui, elle, est vivement intéressée par les raisons qui ont fait disparaître votre mari allemand. C'est pourquoi nous avons décidé de recourir à vos bons offices. Il est temps que justice soit faite d'une façon ou d'une autre et que nous puissions tirer quelques avantages de la disparition brutale de Hans Smitzberg qui était l'un des nôtres.

— Cela voudrait dire qu'il appartenait à une organisation secrète dont vous-même êtes l'un des membres?

— Exactement.

— Pourtant il ne m'en a jamais parlé pendant l'année de notre mariage.

— Le contraire eût été surprenant et, s'il avait commis une telle imprudence, il est à peu près certain que vous n'auriez même pas connu cette année de bonheur conjugal!

— Le plus surprenant de notre conversation est que vous semblez oublier que j'ai actuellement un second mari, que j'aime et qui m'adore, auquel il me paraît normal de confier l'essentiel de cet entretien?

— Vous ne le ferez pas parce que sa vie, à lui aussi, est en danger...

— Qu'est-ce que vous dites?

— La vérité. Supposons un instant que M. Davault, tout en exerçant au grand jour sa profession d'ingénieur-conseil pour la C.I.T.E.F. qui l'oblige à de fréquents déplacements à l'étranger et plus spécialement en Algérie, ait une autre activité plus secrète? Activité créant une curieuse similitude entre son existence et celle de Smitzberg qui, lui aussi, voyageait sous le couvert officiel d'un technicien travaillant également pour le compte d'une importante affaire de pétrole? Ceci à la différence près, mais essentielle, que le siège de la société utilisant ses services se trouvait en Allemagne de l'Est alors que celui de la compagnie pour laquelle travaille votre mari actuel se trouve en France? Dans ce cas, tout en étant de même ordre, les intérêts défendus par chacun de ces spécialistes risqueraient d'être diamétralement opposés! Vous me suivez bien?

— Vous voulez dire que Marc appartiendrait, lui aussi, à un réseau secret?

— On a vu des choses beaucoup plus surprenantes...

Pour la première fois, depuis le commencement de la vision dans la boule de cristal, le visage de la femme s'éclaira et perdit sa rigidité. Il s'irradia même d'un éclat de rire pendant qu'elle disait :

— Marc jouant les espions? Vous vous moquez! C'est une plaisanterie ridicule! On voit bien que vous ne le connaissez pas! Il est incapable de mener une telle *existence! Croyez bien qu'en sept années de mariage et de vie commune, j'ai appris mieux que quiconque à le connaître et qu'en admettant même qu'il ait réussi à dissimuler à tout le monde ce qu'il faisait, il y a une personne avec qui il n'aurait pas pu le faire : moi! Ceci parce qu'il m'aime comme aucun homme, peut-être, n'a aimé sa femme! Ni lui ni moi ne nous cachons rien! Nous sommes un vrai couple, uni pour le meilleur et pour le pire. A votre tour, vous me comprenez?*

— Très bien. Seulement... Hans Smitzberg aussi a réussi à jouer ce jeu à votre égard pendant une année. Vous ne saviez à peu près rien de lui et spécialement qu'il appartenait à notre organisation. Pourquoi n'en serait-il pas de même de Marc Davault?

— C'est impossible! D'abord ma première union n'a duré qu'une année et la seconde sept... Il y a une marge! En une année on peut camoufler sa véritable personnalité à son époux, pas en sept! Vous ne me prenez tout de même pas pour une imbécile?

— Loin de moi une telle pensée, madame! La façon même dont vous avez mené, encore très jeune, vos deux mariages, prouve le contraire.

— Ensuite, vous l'avez très bien compris : je n'ai pas épousé Hans par amour mais uniquement pour sortir de ma médiocrité alors qu'avec Marc ce fut autre chose... Lui, je l'ai aimé tout de suite, dès que je l'ai rencontré et je sais que je l'aimerai toujours! Quand on aime à ce degré, on devine, on sent, on pressent même ce qui est bénéfique ou maléfique pour le conjoint dont on ne peut pas se passer... Et, s'il y a quelque chose – que l'on décèle parfois à un tout petit détail – on le lui dit pour qu'il ne commette pas l'erreur qui lui ferait du mal et dont il pourrait ensuite se repentir. On veut intensément sa réussite et son

bonheur. Ce qui a été et restera notre cas. Jamais, je vous le garantis, je n'ai éprouvé le moindre sentiment de méfiance ou de défiance à l'égard des activités de mon époux! Comme beaucoup de femmes, j'ai de l'intuition : sachez que la mienne ne m'a jamais trompée. Donc je ne vous crois pas, c'est tout.

— Vous m'en voyez très ennuyé, madame, mais encore une fois je n'ai fait que dire la vérité.

— La vérité! Le seul fait que ce que vous essayez de me faire croire sur Marc ne soit qu'une pure invention me prouve que tout ce que vous m'avez raconté avant est également faux! Je ne sais pas exactement ce que vous recherchez ni quel but vous poursuivez, mais j'en ai assez! Cette conversation inutile n'a que trop duré. Dès ce soir je la relaterai à Marc.

— Je vous répète, madame, que vous ne le ferez pas parce que sa vie est en danger et que vous seule pouvez le sauver.

— Vous tenez donc tant que cela à le sauver?

— Oui et non... Disons que son existence peut devenir une excellente monnaie d'échange... J'ajouterai même que, si vous savez rester discrète – et je sais par avance que vous le serez – M. Davault ne se doutera même pas du marché très secret que, tôt ou tard, nous conclurons vous et moi.

— Un marché?

— Mais oui... En échange de sa vie, vous nous rendrez quelques petits services. C'est en cela que vous nous serez utile. Pour résumer disons que nous avons besoin de vous et que vous ne pourrez plus vous passer de notre compréhension si vous voulez que votre mari puisse continuer à vivre auprès de vous qui l'aimez. Il est rare que lorsqu'une femme aime à ce point, elle ne soit pas prête à faire quelques concessions pour sauvegarder son amour.

— Quelles concessions?
— Je vous expliquerai cela à notre prochaine rencontre. Celle-ci a déjà dû être pour vous suffisamment éprouvante. Je conçois aussi que vous ne puissiez plus supporter ma présence aujourd'hui mais peut-être qu'un jour viendra où vous me trouverez, sinon plus sympathique, du moins... moins antipathique.
— Je n'ai nullement l'intention de vous revoir.
— Ce serait là une grave erreur : pensez à la vie de votre mari...
— Mais pourquoi lui en voudrait-on? Il n'a porté tort à personne. C'est un homme droit et honnête qui est incapable de faire du mal.
— Ceci est une autre histoire. Au revoir, madame, et réfléchissez quand même... Je vous téléphonerai dans quelques jours pour vous fixer un autre rendez-vous.
— Et si je refuse de m'y rendre?
— Vous viendrez, j'en suis sûr! Et s'il vous arrivait de changer d'adresse ou de pays, je parviendrais à vous rejoindre, même si c'était au bout du monde!

La vision disparut, perdue dans une sorte de brouillard qui envahit la boule. La longue pratique de ce mode de voyance faisait comprendre à Nadia qu'il était inutile d'insister : elle ne verrait plus rien cette nuit. Chaque voyance ne dure qu'un temps limité et celui-ci avait été exceptionnellement long. Epuisée, comme elle l'avait déjà été au *Vieux Manoir* le soir où elle avait volontairement fait défiler dans sa mémoire tout son passé, le cerveau vide aussi, Nadia rejoignit sa chambre après avoir épinglé sur la porte de la chambre de sa grand-mère un carré de papier où elle avait écrit : « *Demain je ne donnerai aucune consultation. Tu fixeras d'autres rendez-vous aux clients qui se présenteront. J'ai besoin de repos. Surtout ne me dérange sous aucun prétexte! Je te verrai à l'heure du dîner.* »

Véra respecta les instructions mais quand elle retrouva sa petite-fille elle ne put s'empêcher de dire :

— Tu as travaillé trop tard cette nuit : c'est pourquoi tu n'en pouvais plus. Ce n'est pas raisonnable, chérie! Ton métier est très dur : ménage ta santé, sinon tu tomberas malade.

— Ménager ma santé quand il s'agit de sauver Marc! Je ne me trompais pas depuis des années quand je disais qu'il avait besoin de moi.

— C'est encore à cause de sa femme?

— A vrai dire je ne sais plus... Il y a dans sa vie de nouveaux éléments qui me déconcertent et qui me rendent encore plus folle d'inquiétude... Dès que nous aurons dîné je retournerai me coucher.

— Après une bonne nuit, tu y verras peut-être plus clair?

— Je n'en sais rien et j'en arrive à me demander avec angoisse si je parviendrai un jour à le sauver.

— Il court un danger?

— Un très grand danger dont sa femme ne mesure même pas l'imminence... C'est cela qui est grave. Contrairement à ce que je croyais jusqu'à ce jour, sa femme l'aime peut-être mais pas assez pourtant pour lui être d'un réel secours. Elle est trop égoïste et pense avant tout à son propre confort. On ne peut aider vraiment un époux que lorsqu'on l'aime éperdument jusqu'à se sacrifier soi-même pour lui s'il le faut.

— L'aimer comme toi?

Il n'y eut pas de réponse.
- Tu reprends tes consultations demain?
- Il le faut bien mais j'en ai assez de ce métier! Bonsoir.

L'aveu qu'elle venait de faire à Véra était sincère : la vision de la première rencontre entre Van Klyten et Celsa avait bouleversé beaucoup de choses dans les idées qu'elle s'était faites en s'acharnant à trouver la vérité uniquement par le truchement des cartes et elle se demandait, après l'avoir entendue s'exprimer devant le pseudo-Hollandais, si l'Algérienne était vraiment aussi néfaste pour Marc qu'elle l'avait pensé. Ses réponses à son étrange interlocuteur avaient été celles d'une amoureuse et empreintes d'une certaine franchise qui effaçait partiellement la mauvaise impression qu'elle lui avait laissée après les trois visites à son cabinet. Quand elle avait demandé si elle serait bientôt *veuve,* n'était-ce pas parce que, aimant son mari, elle redoutait plutôt de l'être? Et, si elle avait cette hantise, n'était-ce pas l'indication qu'elle aussi craignait pour la vie de Marc? Ce qui inverserait toutes les données du problème. Ce soir Nadia était encore trop fatiguée mais, dès qu'elle aurait récupéré, elle se pencherait à nouveau sur la boule de cristal pour tenter de lui arracher un autre secret dont l'importance lui paraissait capitale : oui ou non, quand Celsa était rentrée chez elle après avoir écouté les menaces à peine déguisées de l'homme au crâne chauve, avait-elle raconté à Marc tout ce qu'il lui avait dit? Ou bien, en amoureuse qu'elle était, avait-elle préféré se taire pour éviter de l'inquiéter inutilement? Après tout, ce Van Klyten n'était-il peut-être qu'un aventurier qui employait une certaine forme de chantage pour essayer d'obtenir indirectement, par l'intermédiaire de sa femme, quelque chose de Marc? Quand il avait laissé entendre que l'ingénieur-conseil de la C.I.T.E.F exerçait une seconde activité beaucoup plus secrète, n'était-ce pas l'emploi du procédé classique qui consiste à plaider le faux pour savoir le vrai? Ceci en jetant le doute dans le cœur d'une épouse amoureuse? De toute façon, même au prix d'une pure invention, il était clair qu'il avait cherché à affoler Celsa. Mais pour arriver à quel but?

Dès demain soir, après le départ du dernier client de la journée, Nadia se concentrerait à nouveau pour retrouver dans la boule de cristal l'épouse de Marc, sachant que ce ne serait que par elle et par ses agissements qu'elle parviendrait peut-être à se rapprocher de la vérité.

La première chose qu'elle fit, le lendemain matin, avant d'accueillir la première cliente, fut de téléphoner à Marc à son bureau :

– Je n'ai pas voulu t'appeler chez toi, préférant attendre que tu sois arrivé à la C.I.T.E.F... Peux-tu me recevoir à un moment de la journée? J'ai à te poser une question très importante qui me permettra, je pense, de t'aider plus rapidement comme tu me l'as demandé.

– Je préférerais venir te voir.

– Dans ce cas je te recevrai à midi entre deux clients. Sois exact.

– Que veux-tu savoir? fit Marc en s'asseyant dans le cabinet.

– Je te demande de me répondre en toute franchise. Tu sais que je suis ta plus grande amie et que rien ne transpirera jamais de ce que tu me dis ici. Tu as toujours confiance en moi?

— De plus en plus, sinon je ne serais pas là.

— Voilà : en dehors de ta profession d'ingénieur-conseil, exerces-tu une autre activité sans que personne ne le sache autour de toi, y compris ta femme?

— Pourquoi cette question bizarre?

— Parce qu'elle est capitale.

Il eut une nette hésitation avant de répondre :

— Eh bien, oui : je fais autre chose...

— Quoi exactement?

— Disons que je ne travaille pas exclusivement pour la C.I.T.E.F...

— Tu travailles pour une autre société?

— Une société qui s'appelle la France... Oui, j'ai toujours estimé que tout individu doit rendre service à son pays quand il le peut... Tu sais que ma profession m'oblige à voyager et à me rendre souvent à l'étranger. C'est là une excellente couverture qui me permet d'établir certains contacts et même de dénicher quelques documents sans que personne ne puisse s'en douter. Officiellement je ne suis qu'un ingénieur-conseil, comme il en existe des milliers dans le monde, qui travaille pour une importante société de transport de pétrole, et nul ne peut y trouver à redire, mais officieusement... Ecoute-moi plutôt en me jurant que cette confidence restera toujours entre nous deux.

— Comment peux-tu me demander ça, Marc? Tu sais très bien que c'est juré d'avance.

— Il y a neuf ans, alors que je n'étais pas encore marié, j'ai été contacté par un grand ami, ayant fait toutes ses études avec moi et exerçant approximativement la même profession, pour que j'entre dans

l'un de ces services de renseignement très secrets sans lesquels une nation qui se respecte ne pourrait pas savoir ce que manigancent des puissances adverses. Tu me comprends?
– Continue.
– Pour moi, il s'agissait de savoir par quels intermédiaires sont traités certains marchés et surtout la nature exacte de ces marchés qui vont des barils de pétrole jusqu'au trafic d'armes en passant par des marchés clandestins tels que ceux des stupéfiants et des équipes de révolutionnaires ou de terroristes dont la principale mission est de porter, grâce à des actions d'éclat ou des sabotages de toutes sortes, des coups mortels à l'économie d'un pays dont la situation politique est des plus confuses. Ce que m'a expliqué mon ami m'a passionné et j'ai accepté son offre.
– C'était de la folie, Marc!
– Je ne le regrette pas. Au fond, j'ai toujours eu l'âme d'un aventurier.
– Ensuite?
– Je continue à mener mes deux activités de pair et je pense avoir déjà rendu de réels services à notre pays. Si je te fais cette confidence aujourd'hui et pas à d'autres, c'est parce que je te considère comme étant ma plus grande amie, presque ma petite sœur, et je t'avoue qu'intérieurement je suis très fier des résultats déjà obtenus qui ont évité beaucoup de catastrophes qui se seraient révélées irréparables non seulement pour la France mais aussi pour ses véritables alliés.
– Je comprends mieux pourquoi tu n'as jamais pris le temps de penser à moi! Et ta femme, est-elle au courant de cette double activité?
– Elle ignore tout. Je l'aime trop pour la mêler à

tout cela car tu dois te douter qu'il y a parfois quelques risques... Elle croit, comme mes parents, comme tout le monde et même comme toi jusqu'à maintenant, que je ne suis qu'un excellent ingénieur-conseil connaissant une brillante réussite.

– Tu es rémunéré pour ta seconde « spécialité »?

– Pour qui me prends-tu? Je gagne suffisamment bien ma vie avec la première pour me permettre d'exercer la seconde pour la gloire... Une gloire obscure, mais grisante. Maintenant tu sais tout.

– Merci pour ta franchise : elle prouve que tu as réellement confiance en moi... Tu parlais de risques?

– Cette seconde activité ne peut que les attirer. C'est d'ailleurs pour cela qu'elle est passionnante! A vaincre sans péril... Presque toujours je me trouve face à des adversaires dont j'ignore le plus souvent la véritable identité, qui sont aussi retors que redoutables.

– Autrement dit tu risques ta vie?

– Ça m'est arrivé, mais à eux aussi!

– As-tu été contraint de te servir d'une arme pour te défendre?

– Trois fois mais tout s'est bien passé puisque je suis là.

– Et ton ou tes adversaires?

– Ils s'en sont moins bien sortis... Tu sais que j'aime le tir. Souviens-toi de notre première rencontre dans une clairière en Sologne... Tu peignais et j'avais un fusil de chasse que tu n'as pas aimé! Il faut croire que, déjà à cette époque, j'avais des dispositions. Sans le savoir encore je m'entraînais pour plus tard.

– C'est monstrueux, Marc! Que tu te sois exercé

sur du gibier, je l'admets à la rigueur aujourd'hui, mais que cela t'ait servi pour abattre ensuite des hommes, c'est épouvantable!

– Je sais... Seulement, je n'avais pas le choix : c'était eux ou moi! Et puis il y avait les ordres reçus...

– Quels ordres?

– Je n'ai jamais tiré pour mon seul plaisir! Dans une organisation comme celle à laquelle j'appartiens, on reçoit toutes sortes d'ordres, y compris celui d'abattre un personnage nuisible.

– C'est affreux! Cela froidement?

– La première règle, si l'on veut devenir un bon agent de renseignement, est de savoir conserver son calme... Que veux-tu savoir d'autre?

– Rien. Je suis simplement épouvantée! Surtout pour toi! Les autres, après tout, je finirais presque par m'en moquer, alors que toi, je t'aime...

– Reconnais que quand tu t'acharnais à découvrir dans un jeu de cartes mes qualités ou mes défauts tu n'y as jamais repéré ce côté assez particulier de ma personnalité?

– C'est vrai... Les cartes ne disent pas tout! Si j'avais découvert ce que tu risquais de devenir – un genre de tueur croyant servir une noble cause – je t'aurais supplié de ne pas écouter l'offre de ton ami.

– Ça n'aurait pas changé grand-chose... Nous venons tous sur terre avec une mission à remplir : toi c'est de faire de la voyance, moi c'est de liquider quelques salopards...

– Mais ils doivent penser la même chose de toi?

– C'est certain.

– Marc, tu es cynique!

— Je ne suis pas si mauvais que cela... Et je n'ai aucun regret de ce que j'ai fait, ayant toujours agi par obéissance à mes chefs qui, eux, savaient mieux que moi pourquoi il fallait agir. Si je n'avais pas abattu l'un de ces hommes, il aurait tué beaucoup des nôtres et fait mourir, au moyen d'un attentat, des dizaines d'innocents. C'est cela que peu de gens comprennent! Il n'y en a qu'un seul que cela m'ennuie d'avoir été obligé de descendre sur ordre. Il ne m'avait jamais fait de mal et, la première fois où je l'ai vu de près, ce fut la veille du jour où je l'ai fait mourir. Fantastique, n'est-ce pas? C'est pourtant vrai.

— Où était-ce?

— A Alger. C'était un Allemand très dangereux qui avait coûté cher à notre organisation. Un assez bel homme d'ailleurs, qui est rentré un soir chez lui en auto. J'avais sur moi sa photographie qui m'avait été communiquée par nos services spéciaux. Après qu'il eut rangé sa voiture dans le parking situé au-dessous de l'immeuble où il habitait, j'ai attendu qu'il soit remonté dans son appartement, situé au quatrième étage, pour m'introduire à mon tour dans le parking où personne n'est entré ensuite et où j'ai eu tout le temps de fignoler le travail.

— Quel travail?

— J'ai suivi les instructions reçues : il s'agissait de trafiquer le boîtier de direction pour que son conducteur perde inéluctablement le contrôle de sa voiture le lendemain matin quand il la reprendrait et ceci sur une distance de trente kilomètres au plus de façon que ça ne se produise pas en ville. Nous savions où il devait se rendre dans la matinée. L'accident est arrivé comme prévu et il a été impossible de découvrir la véritable cause qui avait fait s'écraser le véhicule contre un mur. Mort brutale qui fut attribuée à une faute de conduite. Les ordres étaient formels : l'homme ne devait être tué ni par une arme ni par un engin explosif placé sous le capot ou sous la voiture pour que l'on ne soupçonne pas qu'il s'était agi en réalité d'un attentat. Le conducteur, qui était seul, a eu la cage thoracique défoncée : c'est dire qu'il a été tué sur le coup. Du travail bien fait dont je ne suis pas tellement fier!

Nadia l'avait écouté, les yeux exorbités d'horreur, avant de s'écrier, haletante :

— Mais, Marc, ce que tu as fait là est ignoble!

— Pas plus que toute autre exécution...

— Sais-tu au moins qui tu as tué ce jour-là?

— Parfaitement. Il n'y a pas eu d'erreur sur la personne. Je t'ai dit que c'était un Allemand.

— Agent de renseignement comme toi! Mais lui venait de l'Allemagne de l'Est...

— Comment le sais-tu? Ton don de voyance sans doute?

— Tu ne crois pas si bien dire... Et tu connaissais son nom?

— Evidemment.

— Moi aussi je le connais : Hans Smitzberg...

— Décidément, ma petite Nadia, tu es encore plus forte dans ta profession que je ne le pensais.

— Ça ne te dit rien, ce nom-là?

— Pas grand-chose...

— Tu mens! Tu sais très bien que c'était celui du premier mari de ta femme!

— Je ne le savais pas à ce moment-là et j'ignorais qu'il fût marié. C'était lui seul qui nous intéressait. Sais-tu quand j'ai appris qu'il avait une épouse algérienne? Un an plus tard, le jour où j'ai fait la connaissance de Celsa dans une réception au palais du Gouvernement. Je savais seulement par ouï-dire qu'elle était veuve et que son mari était mort un an plus tôt dans un accident de voiture... Evidemment, quand elle m'a dit qu'elle s'appelait Mme Smitzberg, j'ai senti le sol se dérober sous mes pieds et j'ai cru que j'allais m'évanouir. Heureusement mon calme, ce fameux calme, m'a sauvé, sinon je ne crois pas qu'elle serait devenue quelques mois plus tard mon épouse!

– Mais c'est abominable! Comment, le sachant, as-tu pu ensuite l'épouser?

– Cela va peut-être te paraître insensé ou même complètement fou : j'ai aimé Celsa dès que je l'ai vue.

– Tu es un monstre!

– Pas plus que tous les gens qui aiment... Toi-même, souviens-toi de ce qui s'est passé quand Béatrice a été engloutie par une avalanche! Tu l'avais vu d'avance dans l'une de tes voyances quand tu t'es réveillée en pleine nuit, hurlant et pleurant à mes côtés... Pourtant, tu ne m'as pas obligé à sauter du lit pour courir vers l'hôtel où elle dormait encore et l'empêcher de se lancer sur la piste? Tu es restée blottie près de moi et tu t'es rendormie jusqu'à midi... N'as-tu pas l'impression d'avoir été coupable, toi aussi, ce jour-là?

– Tais-toi! C'est horrible... Oui, je me le suis toujours reproché. Je sais aussi que c'est la vraie raison pour laquelle tu n'as plus jamais cherché à faire l'amour avec moi et tu as espacé de plus en plus nos rencontres.

– C'est vrai. Il y a des souvenirs qui restent insupportables pendant des années.

– Mais moi au moins je n'ai pas tué volontairement, alors que toi tu as agi froidement.

– Je t'ai dit que je ne faisais qu'obéir à des ordres.

– Quels ordres! Te rends-tu compte que tu es un assassin?

– Peut-être as-tu raison?

– Moi, je n'ai agi que par faiblesse : j'étais follement amoureuse de toi comme je le suis d'ailleurs toujours, sinon je ne t'aurais pas écouté comme je viens de le faire... Marc, je ne suis qu'une lâche!

– Sans doute le suis-je également parce que je suis toujours amoureux de Celsa qui ignore encore et ne saura jamais que j'ai tué son premier mari.

– Si elle l'apprenait?

– Je ne sais pas ce qui se passerait... Mais je pense, s'il en était ainsi, qu'elle ne me ferait aucun reproche... Elle ne l'a jamais aimé alors qu'elle m'idolâtre... Peut-être même me serait-elle secrètement reconnaissante de ce que je l'ai débarrassée d'un pareil conjoint?

– Je n'aurais jamais cru que sous un homme de ta classe pouvait se cacher un être aussi veule! Je suis atterrée.

– Brusquement tu ne m'aimes plus?

Elle resta un long moment sans répondre avant de balbutier :

– Je... Je ne sais pas...

– Je préfère cela. C'est donc que tu m'aimes toujours et tu as raison. Quel plus grand ami as-tu que moi? Aucun, Nadia! Tu es toujours seule parce que tu m'attends et que tu espères encore... Tu m'épouserais même, si je te le demandais, et malgré ce que tu sais maintenant... Et tu deviendrais, comme tu l'as dit, la femme d'un assassin! Pourquoi ne réponds-tu pas?

— Je t'aime toujours...

— Et moi j'aime ma femme, ma petite Nadia. Restons de grands amis : c'est si rare, l'amitié!

— Quoi qu'il arrive tu sais que tu peux compter sur moi et sur ma discrétion : personne ne connaîtra le secret que tu viens de me confier et qui me permettra peut-être de découvrir les raisons profondes qui ont dû contraindre ta femme à rencontrer ce Van Klyten... J'espère que tu ne lui as pas dit que tu étais au courant?

— Je m'en suis bien gardé!

— Peut-être n'agit-elle ainsi que pour t'aider, elle aussi, puisque tu es sûr qu'elle t'aime? Je ne peux encore rien te dire de précis mais j'ai l'impression que la révélation que tu m'as faite sur la façon dont est mort Smitzberg va peut-être m'aider à mieux y voir dans les voyances que je consacre à ton cas dès que je suis seule dans ce cabinet. Il est possible aussi que je ne parvienne pas à trouver... As-tu actuellement un nouveau voyage à l'étranger en perspective?

— C'est possible.

— Pour une nouvelle « mission » spéciale? Je préférerais te savoir ici à Paris en sécurité.

— La sécurité n'existe nulle part pour des gens de mon acabit, pas plus d'ailleurs que pour les autres! Où est-on vraiment en sécurité aujourd'hui, même si l'on n'a pas d'ennemis?

— Tu penses en avoir beaucoup?

— Si j'en ai, c'est que je les ai mérités. Mais rassure-toi : ils ne me font pas peur. Je suis même convaincu que nous sommes plus forts qu'eux...

175

Enfin personne ne me soupçonne actuellement d'appartenir à un service secret. Tant que cela durera, je serai à peu près tranquille.

– Tu es un homme qui m'étonnera toujours... Fais quand même attention! Prends des précautions, si tu le peux! En ce qui me concerne je continuerai, sinon à te protéger – ce dont je suis incapable dans ce cas – mais à me servir de ma voyance pour t'aider et t'avertir si je sens un danger immédiat te menacer. Es-tu vraiment sûr que ta femme ne se doute de rien?

– Absolument. Comme toi et beaucoup de femmes, elle a un instinct extraordinaire. Si elle avait la moindre crainte, je sais qu'elle me la confierait : elle tient à moi.

– Comme je la comprends! Elle a beaucoup de chance... Ce soir je continuerai à travailler pour toi. Si je trouve quelque chose je te préviendrai aussitôt en t'appelant à la C.I.T.E.F. Et je te le répète : quand nous aurons trouvé la véritable raison pour laquelle Celsa continue à voir ce Hollandais en cachette de toi, nous aurons franchi un grand pas.

– Je l'espère!

– C'est certain. Tu ne m'embrasses pas avant de partir?

– Oui, mais seulement sur le front... Je compte sur toi.

Selon sa promesse, le soir même Nadia était à nouveau devant la boule de cristal. Une fois de plus, après l'avoir cherchée de toute sa volonté, elle retrouva l'épouse de Marc. Elle n'était plus dans une chambre d'hôtel sordide mais dans le salon d'une luxueuse suite d'un grand hôtel. Etait-ce le *Crillon* ou un autre? Elle n'en savait rien et peu

importait après tout. Ce qui comptait était que Van Klyten se trouvait à nouveau en face d'elle. Un Van Klyten presque souriant qui demanda, enjoué, en présentant un verre :
— *Un peu de champagne?*
— *Non merci.*
— *Vous avez tort. J'ai souvent pensé que ce breuvage exquis éclaircissait les idées plutôt que de les embrouiller. Je regrette et permettez-moi de lever quand même mon verre à votre présence...*

Ce qu'il fit et, ayant bu d'un trait, il reposa le verre en disant :
— *Je savais que vous répondriez à mon second appel téléphonique mais je tenais à ce que notre rencontre se passât cette fois dans un cadre plus digne de vous et de votre élégance... A ce propos je me suis toujours dit que les plus jolies Parisiennes viennent de très loin. C'est le miracle de Paris, la seule ville au monde qui sache transformer une femme et lui donner ce que j'aime par-dessus tout : le charme international... Je suis sûr également que vous n'avez rien dit à votre mari de notre premier entretien.*

— *C'est vrai. Je me demande bien pourquoi.*
— *Simplement parce que vous l'aimez. Ce qui est tout à votre honneur... Et, comme vous l'aimez, vous tenez avant tout à ce qu'il vive longtemps auprès de vous. Vous avez compris que je n'étais pas un homme à badiner avec les choses sérieuses. Quand je vous ai prévenue que la vie de Marc Davault était en danger, je ne mentais pas. Danger qui peut être écarté si vous savez vous montrer compréhensive à notre égard.*

» *Au cours de notre précédente conversation, je vous ai fait comprendre que M. Davault appartenait à une organisation semblable à celle dont je fais partie et dont Hans Smitzberg était l'un des agents les plus dévoués avant sa tragique disparition. Nos patientes investigations nous ont fait découvrir que l'homme ayant reçu la mission de trafiquer la voiture dans laquelle il a trouvé la mort était un remarquable ingénieur français tout aussi compétent que lui. Cet homme – je m'excuse, madame, de vous révéler cela aussi brutalement, est Marc Davault.*

– Vous êtes fou? Marc un assassin?

– Pas exactement au sens où ce mot infamant est généralement employé. Un assassin tue par vengeance ou par besoin de profit. Ce qui n'est absolument pas le cas. M. Davault n'a fait qu'obéir aveuglément à des ordres supérieurs et il a prouvé en cela qu'il était un excellent agent. Il n'était pas animé par un sentiment de vengeance, n'ayant pas le moindre grief à l'égard de Smitzberg qu'il ne connaissait pas personnellement. Il n'a pas non plus agi pour lui voler sa femme, c'est-à-dire vous, dont il ignorait même l'existence. Il ne vous a rencontrée qu'une année après « l'accident » : il n'y a donc aucun reproche à lui faire sur ce point. S'il en avait été ainsi, on aurait pu mettre cette mort brutale sur le compte de la jalousie et ça n'aurait été qu'un crime passionnel aussi banal que beaucoup d'autres. Mais, dans ce cas, il est certain que nos services spéciaux ne se seraient pas occupés de l'affaire.

» La vérité est autre : Smitzberg avait la mission de s'occuper tout particulièrement des agissements de l'organisation à laquelle appartient Davault. Il en est mort. C'est là le lot de ceux qui ont reçu l'ordre de se mêler de ce qui ne les regarde pas. Mais il est très possible qu'à son tour votre second mari subisse la même loi à moins que vous ne consentiez à collaborer avec nous pendant un certain temps... Si cela était, vous pouvez être assurée que, lorsque vous nous aurez

donné toute satisfaction, votre époux ne courra plus le moindre risque.

– Pas plus que l'autre jour, je ne crois un seul mot de tout ce que vous me racontez mais j'aimerais quand même savoir ce que vous entendez par le mot « collaborer ».

– C'est très simple : M. Davault a la possibilité d'avoir actuellement en sa possession des documents qui offrent pour nous le plus grand intérêt. Ou vous nous aidez à en prendre connaissance, ou vous refusez. Le tout est de savoir si vous aimez sincèrement ou pas votre mari? Dans le premier cas vous le sauverez en exécutant nos instructions, dans le second vous ne nous rendez pas service, ce qui prouvera que, malgré vos affirmations, vous n'aimez pas plus votre second mari que le premier. Et nous agirons...

Très pâle, la femme brune avait sorti rapidement de son sac un revolver qu'elle pointa sur Van Klyten :

– Et si moi je vous abattais, non seulement pour me délivrer de vous, mais pour débarrasser tout le monde d'un individu de votre espèce? Ne bougez pas, Van Klyten, sinon je tire!

– A mon avis ce serait la plus détestable des solutions pour vous! Réfléchissez quelques secondes, madame... Que vous soyez venue à ce nouveau rendez-vous avec l'intention de le faire, c'est certain, puisque vous avez l'arme en main; mais entre une intention et le geste, même très rapide, il y a une nuance... N'oubliez pas que vous êtes une très belle Algérienne qui, après sept années de mariage, a la conviction d'avoir réussi à s'implanter dans une certaine société parisienne. Et, d'un tout petit geste irréfléchi, vous réduiriez tant d'efforts à néant? Parce que, de toute évidence, on ne tue pas ainsi un homme dans un

palace de ce genre sans que cela ne fasse un certain bruit! Et le bruit du scandale, ça va loin... Votre carrière et surtout celle de celui que vous aimez seraient brisées à jamais! C'est cela que vous voulez? Alors tuez-moi, madame! Ensuite ça ne vous servirait pas à grand-chose : vous seriez jugée et immanquablement condamnée! Vous vous voyez, une femme aimant le luxe et le confort autant que vous, en prison pendant des années? Ensuite, tôt ou tard, notre organisation finirait bien par régler ses comptes, même si ce n'était qu'après votre libération... Il est certain aussi qu'entre-temps votre mari aurait été abattu... Il ne s'agirait donc pas d'une seule mort mais de deux... Pour profiter à qui? Votre main tremble... C'est signe que vous n'êtes pas certaine d'avoir trouvé la bonne voie. Suivez plutôt celle que je vous ai conseillée et il n'y aura aucun drame inutile.

Elle le regardait, hésitante. Il était calme :

– Vous feriez mieux de poser votre arme sur ce bureau ou même, si vous tenez à la conserver pour d'autres exploits, de l'enfouir dans votre sac. Sa présence ne me gêne pas.

Lentement, elle remit le revolver dans son sac.

– C'est bien : vous redevenez raisonnable. Un peu de champagne peut-être?... Non? Eh bien, moi, j'en bois un second verre à notre collaboration qui va commencer.

Il était effrayant de maîtrise.

– Voilà qui est fait... Collaboration qui présente l'avantage de n'offrir ni pour vous, ni pour votre époux, ni pour moi le moindre danger : elle sera pacifique. Désirez-vous que nous interrompions cet entretien et que nous nous retrouvions une autre fois?

– Ah, non! J'en ai assez de ces mystères! Je veux

savoir tout ce que vous avez dans la tête. Ce ne sera que quand je connaîtrai le but final que vous voulez atteindre que je prendrai une décision dans un sens ou dans l'autre.

— Le but? Mais je vous l'ai laissé entendre : nous voulons ces documents le plus tôt possible. Plus vite votre travail sera terminé et plus vite nous vous laisserons tranquille. C'est compris?

— Parlez.

— Nos services de renseignement nous ont fait savoir que des photocopies des originaux, qui se trouvent certainement dans les archives de l'organisation utilisant les services de M. Davault, auraient été remises à ce dernier qui en aura prochainement besoin pour remplir une nouvelle mission spéciale, non pas en Algérie mais au Moyen-Orient. Il ne vous a pas dit qu'il devrait bientôt repartir en voyage?

— Il me l'a laissé entendre.

— Il n'y a donc pas de temps à perdre. Ces photocopies doivent être certainement chez lui.

— Peut-être se trouvent-elles à son bureau de la C.I.T.E.F?

— Cela nous surprendrait. La C.I.T.E.F. ignorant absolument l'activité secrète de votre mari, il n'est pas imaginable qu'il laisse de telles pièces à cette compagnie très officielle. Non, les photocopies sont à son domicile. Possède-t-il chez lui un coffre?

— Je n'en sais absolument rien.

— Allons, madame! Ne nous prenez pas pour des apprentis! S'il a un coffre, vous ne pouvez pas ne pas le savoir ni en connaître l'emplacement, même si celui-ci est judicieusement trouvé. Vous-même m'avez dit l'autre jour que, s'il y a quelqu'un qui connaît son mari mieux que personne, c'est vous après sept années de mariage. Quand on connaît quelqu'un à ce point,

on connaît aussi ses habitudes... Mais il est possible aussi que vous ignoriez la combinaison permettant d'ouvrir ce coffre. Beaucoup d'hommes mariés préfèrent garder le secret d'une cachette où ils conservent ne seraient-ce que des papiers de famille dont ils ne jugent pas opportun de révéler la teneur à leurs épouses.

— Marc ne m'a jamais rien caché.

— Nous ne sommes pas obligés de vous croire. Pour nous ce coffre existe à votre domicile privé. La seule difficulté est pour vous de pouvoir l'ouvrir sans qu'il puisse se douter de rien. Admettons que vous y parveniez. Il ne vous reste plus, un matin ou un après-midi où il sera absent de chez lui, qu'à prendre les photocopies et à me les apporter immédiatement ici après m'avoir prévenu de votre visite sans autre explication par un appel téléphonique. Vous demandez directement cet appartement : le 709. Le fait que vous me rejoigniez voudra dire que vous avez les pièces qui nous intéressent... à moins que vous ne soyez capable de prendre des photographies, ce qui simplifierait l'opération en évitant de courir le risque d'un transfert de pièces. Savez-vous utiliser convenablement un appareil photographique ?

— Je pense que oui.

— Voici un petit appareil, qui ne tient pas beaucoup de place et dont la précision est infaillible. Vous le dissimulerez aisément dans votre sac où il ira rejoindre le revolver... Dès que vous aurez extrait les documents du coffre, vous les photographierez soigneusement un par un, sans précipitation, en conservant tout votre calme. Quand ce sera fait, vous les replacerez dans le coffre à l'endroit exact où ils s'y trouvaient, vous refermerez le coffre et vous brouillerez la combinaison. Vous n'aurez plus qu'à me rapporter l'appareil sans même perdre du temps à en extraire le film et votre mission sera terminée. Votre mari ne se doutera de rien et surtout pas que c'est vous qui avez opéré pour le sauver.

– Mais comment voulez-vous que je puisse découvrir la combinaison du coffre?

– Il n'y a qu'une méthode : je vais vous l'expliquer. C'est une question d'oreille...

Mais un phénomène que Nadia connaissait bien se produisit. La vision se brouilla et le son des voix devint inaudible. C'était la fin de la voyance. Ce qui arrivait quand le cerveau de la voyante ne parvenait plus à être en communication avec la boule de cristal comme si celle-ci se refusait à livrer d'autres secrets. Etait-ce dû à la fatigue de celle qui la questionnait? Nul ne pouvait l'affirmer et aucun professionnel n'avait jamais pu donner une explication de cette déficience. Il fallait attendre parfois un jour, deux ou même plus et reprendre la voyance à tête reposée quand la boule voudrait bien répondre en images. Nadia savait que ce serait inutile d'insister : la boule et son cerveau étaient dans le brouillard.

Le lendemain, le surlendemain et les jours suivants elle tenta à nouveau l'expérience sans succès. Elle était désespérée. Trois jours plus tard, Marc l'appela de son bureau :

– Si tu ne m'as pas téléphoné, c'est sans doute parce que tu n'as rien trouvé de nouveau?

– Le soir de notre dernière rencontre, j'ai découvert certaines choses mais pas tout ce que j'aurais voulu savoir pour t'aider complètement! Et pourtant j'ai utilisé tous les moyens que je pratique régulièrement depuis des années tels que les cartes, la boule de cristal ou les taches d'encre sans obtenir le moindre résultat! Je ne parviens pas à faire revenir devant moi l'image de ta femme... C'est comme si elle s'était volatilisée dans les brumes pour chercher à me fuir, elle qui est au centre de tout! Elle réapparaîtra sûrement, mais quand? C'est ce qui m'angoisse... Je sais que le temps nous est compté. Et toi, de ton côté, as-tu remarqué quelque chose de nouveau ou d'insolite dans le comportement de ta femme?

– Rien de particulier : elle est toujours l'amoureuse et la compagne qu'elle sait être... Il n'y a qu'un détail, qui n'a peut-être pas beaucoup d'intérêt, que je te relaterai quand nous nous reverrons.

– Et l'agence à qui tu as confié la filature, t'at-elle communiqué d'autres renseignements?

– Simplement que ma femme n'avait pas revu le Hollandais ces derniers jours : ce qui m'a plutôt fait plaisir.

– Pas à moi! A mon avis ce serait ce qu'il y aurait d'inquiétant... Qu'est-ce que tu fais ce soir?

– Rien de spécial. Celsa et moi nous avions le projet d'aller au cinéma.

– Ne pourrais-tu pas remettre ce projet à un autre jour et m'inviter à dîner dans un petit restaurant perdu où nous ne connaîtrions personne et où il n'y aurait pas trop de monde? Je te dirai déjà ce que j'ai vu avant que les voyances ne se brouillent.

– Mais qu'est-ce que je vais raconter à Celsa?

– N'importe quoi... que tu as un dîner d'affaires. Donnons-nous rendez-vous à 20 heures, tu seras rentré chez toi avant minuit. Si tu as une idée, donne-moi l'adresse du restaurant et j'y serai.

– Il y en a un qui conviendrait. J'y ai été il y a

deux mois. Attends que je retrouve l'adresse... *Chez Eugène,* 88, boulevard du Montparnasse.
— C'est noté. A demain.

Il n'y avait pas grand monde *Chez Eugène* et aucun voisin de table qui puisse s'intéresser à la conversation de Nadia et de Marc.
— Pourquoi voulais-tu absolument me voir ce soir?
— Pour te dire où j'en suis de mes découvertes concernant ta femme et parce que je suis de plus en plus inquiète à ton sujet. Mais avant tout, commences-tu à être moins sceptique sur mon pouvoir de voyance?
— Je finis par y croire pour une raison très simple : quand tu ne vois rien de nouveau, tu as la franchise de me le dire. Ce brouillard étrange qui cache brusquement tout dans tes pensées...
— C'est normal dans ma profession. Quand on s'acharne à vouloir trop fouiller un cas précis, tôt ou tard on trébuche fatalement. Il faut attendre et laisser passer les courants contraires... En ce qui te concerne, j'éprouve personnellement une gêne qui provient sans doute de ce que je persiste à me demander, malgré tout ce que tu m'as dit sur elle, si Celsa n'est pas au courant de ta seconde « activité »?
— Je te répète qu'elle ne sait rien et en supposant même qu'elle se doute de quelque chose, j'ai la conviction qu'elle n'y attacherait pas grande importance. La seule chose qui l'intéresse est d'être ma compagne et de continuer à me séduire : ce en quoi, je l'avoue, elle réussit parfaitement. Elle sait que je ne peux plus me passer d'elle.
— N'as-tu pas l'impression qu'elle en abuse?

— Peut-être de temps en temps, mais qu'est-ce que cela peut changer puisqu'elle me rend heureux ?
— Son comportement à l'égard de son premier mari ne t'a même pas étonné ?
— Non, puisqu'elle ne l'a jamais aimé. Elle ne l'a épousé que pour s'arracher à la misère.
— Calculatrice alors ?
— Pas plus que toi ni toute autre femme.
— Moi ? Je n'ai toujours pensé qu'à ton bonheur.
— N'est-ce pas là une autre forme de calcul ?
— Mon pauvre Marc, cette Celsa t'a complètement envoûté ! Tu n'as confiance qu'en elle.
— En toi aussi, Nadia, mais d'une façon différente : elle est mon épouse et mon amante, toi mon amie et ma confidente... C'est la raison pour laquelle je t'ai révélé certaines choses, telle la façon dont est mort Smitzberg, qu'elle ignorera toujours.
— Et on peut vraiment parvenir à idolâtrer à ce point une femme dont on a supprimé le premier mari ?
— Mais oui, puisque je n'ai aucun remords personnel : il fallait cette disparition...
— Plus je te découvre et plus tu m'épouvantes !
— Tu as tort. Ma franchise totale à ton égard devrait au contraire me rehausser dans ton estime.
— D'un certain côté, c'est vrai. Mais quand même, si elle savait, ne crains-tu pas qu'elle cherche à venger le disparu ? Cela en prenant tout son temps pour mieux réussir au bout de ces premières années d'union qui lui ont permis de te connaître à fond ? La vengeance, tu le sais aussi bien que moi, c'est un plat qui se mange froid.

— Pas dans mon cas. Si Celsa avait appartenu ou appartenait encore à l'organisation dont dépendait Smitzberg, elle m'aurait peut-être épousé sur ordre mais elle n'aurait pas attendu aussi longtemps pour se débarrasser de moi ou me faire liquider. Dans tous les services secrets du monde on abat vite quelqu'un que l'on estime nuisible. Or, rien ne s'est produit jusqu'ici pour moi.

— Et si elle avait reçu la mission de te dominer complètement pour t'amener à lui livrer progressivement certains secrets que tu détiens? Ceci sans que tu te sois douté de rien, aveuglé comme tu l'es par l'amour?

— Malgré cet amour, je n'appartiens pas à la race des faibles. Jamais je n'ai mélangé la passion et le devoir. Toi-même, l'as-tu fait dans ta profession : mêler la probité d'une voyance sérieuse et le sentiment personnel que tu as pu ressentir pour quelqu'un?

— Je n'ai jamais menti.

Une fois de plus elle venait de le faire en continuant à cacher qu'elle avait triché en utilisant des rapports de police privée pour faire naître les premiers soupçons dans l'esprit de Marc à l'égard de sa femme. Mais, maintenant qu'ils avaient été lancés, elle ne pouvait plus avouer sa supercherie d'amoureuse. Sa haine instinctive pour la rivale, et même pour toute autre rivale qui pourrait se présenter, la contraignit à persévérer dans ses révélations dont certaines étaient vraies et d'autres seulement venues de son imagination presque maladive. C'était comme si cette force terrible, beaucoup plus puissante que son propre désir d'apporter le bonheur à l'homme aimé, la poussait à persévérer dans l'erreur de croire qu'un jour finirait par arriver où elle pourrait enfin tirer tout le profit pour elle-même. C'était aussi la raison pour laquelle elle s'était bien gardée de révéler à Marc tout ce qu'elle avait déjà vu dans la boule de cristal. Ces secrets, comme ce qui s'était dit au cours des rencontres entre Van Klyten et Celsa, elle les gardait jalousement pour elle, persuadée qu'ils lui serviraient bientôt pour abattre ou même faire abattre celle qui n'était toujours dans sa pensée qu'une intrigante sans scrupules. Sa méthode n'avait-elle pas été la bonne ? Parvenir à capter d'abord l'entière confiance de l'homme dans son pouvoir de divination puis intensifier le doute dans son esprit jusqu'à ce que ce soit chez lui l'effondrement déclenchant la fin irrémédiable de son amour aveugle, le transformant même en haine mortelle pour sa compagne. Mais elle devait encore faire preuve de patience : Marc était trop amoureux pour balayer d'un coup sept années de vie commune. Elle avait déjà su attendre pendant tellement longtemps qu'elle ne pouvait plus redouter que ce calvaire dure encore pendant quelques mois ou – ce serait le rêve ! – pendant quelques semaines. Méthodiquement, sournoisement, la machine inventée par son cerveau détraqué s'était mise en marche et ne s'arrêterait plus jusqu'à ce qu'elle lui apporte sa délivrance d'amoureuse délaissée. Il n'y aurait plus de Celsa ! La place serait libre pour récupérer l'être adoré. Sa longue pratique de la voyance ne lui aurait-elle servi qu'à atteindre ce but qu'elle serait déjà amplement justifiée !

Et brusquement, prenant sa tête entre ses deux mains comme si elle cherchait à s'isoler, elle donna à Marc l'impression qu'elle entrait en transe. Son regard, qu'il avait toujours connu si doux, avait pris une expression hagarde : il semblait perdu dans la contemplation d'une vision où la stupeur se mêlait à l'angoisse. Toute sa personne tremblait.

— Nadia! Qu'est-ce qui t'arrive?

— Je... Je ne sais pas... Tais-toi, je t'en prie!

— Tu n'es pas malade?

— Si mes éclairs de voyance sont une maladie, je le suis... Parce qu'en ce moment même – est-ce le fait que tu sois à côté de moi? – je vois quelque chose d'étrange qui vous concerne tous les deux, ta femme et toi... Pars immédiatement avec ta voiture et rentre à ton domicile! Ne t'occupe pas de moi : je prendrai un taxi pour revenir chez moi où tu pourras me téléphoner si c'est nécessaire. Mais fais très attention! Une fois sur le seuil de l'appartement ne fais aucun bruit en tournant la clef... Va directement dans ta bibliothèque et tu verras... C'est tout ce que je peux te dire pour le moment. C'est fini : je ne vois plus rien.

Elle avait le visage en sueur.

— Je ne peux pas te laisser ici en pareil état!

— Aucune importance... Chaque fois que j'ai une voyance directe sans recourir à l'un des procédés que j'utilise dans mon cabinet de consultation, c'est la même chose. Dès que celle-ci est terminée, je me retrouve normale. Constate-le toi-même : me voilà à nouveau bien. Ce sont des petites crises très courtes comme celle que j'ai eue, souviens-toi, pendant notre nuit d'amour à Montgenèvre... Va vite chez toi! Tu me remercieras de t'avoir donné ce conseil!

Revenue chez elle, Nadia attendit en vain : le téléphone ne sonna pas. Folle d'inquiétude elle ne trouva pas le sommeil. Pourtant, cette nouvelle voyance subite, elle l'avait bien eue! Il s'était passé quelque chose chez Marc... Cette nouvelle vision était vraie, indépendante de sa volonté, ne provenant pas de son imagination exaltée. Il était impossible qu'elle se soit trompée : des visions semblables, surgissant brutalement devant elle alors qu'elle ne les avait pas recherchées, elle n'en avait plus connu depuis longtemps... Elle était affolée aussi : ne serait-ce pas terrible si elle ne parvenait plus à déceler le vrai du faux, si les voyances réelles commençaient à se mêler, à se confondre même avec celles qu'elle avait inventées uniquement pour parvenir à faire la conquête de Marc? S'il en était ainsi, elle serait irrémédiablement perdue pour sa profession.

Le lendemain matin et pendant les premières heures de l'après-midi, il n'y eut pas non plus d'appel de Marc. Vingt fois elle faillit l'appeler à la C.I.T.E.F. mais elle n'osa pas, sentant que ce serait peut-être une erreur de sa part s'il s'était passé un événement réellement grave. Ce n'était pas à elle de relancer Marc mais à lui de venir la trouver maintenant qu'il avait entière confiance dans son pouvoir.

Vers 18 heures, alors qu'une cliente venait de s'en aller pour laisser la place à la suivante, Véra fit irruption dans le cabinet en disant :

– Marc est là dans le vestibule! Il demande si tu peux le recevoir tout de suite? Il dit que c'est urgent et qu'il a des choses sérieuses à te dire.

– Fais-le entrer et fais patienter les clients qui attendent encore.

– Pourtant ils ont pris rendez-vous depuis longtemps!

— Je m'en moque : ceux qui ne seront pas contents n'auront qu'à s'en aller! Marc est beaucoup plus important pour moi!

— Alors? demanda-t-elle dès qu'il fut devant elle.
— Alors... J'ai fait exactement ce que tu m'as dit. Je suis rentré tout doucement, je me suis rendu directement dans la bibliothèque. Celsa y était, en déshabillé et assise dans l'un des fauteuils qui se trouvent devant la table me servant de bureau. Elle lisait tranquillement.
— Qu'a-t-elle dit en te voyant?
— Elle a été surprise, c'est tout. Je me souviens même très bien de ses premiers mots : « Déjà toi, chéri? Ton dîner d'affaires n'a pas été long. Tout s'est bien passé? » J'ai répondu : « Aucun problème. » Elle a alors ajouté : « C'est très gentil à toi d'être revenu aussi vite auprès de ta femme... Sais-tu que tu me manques le soir? Je ne pourrai jamais m'habituer à passer une nuit sans toi lorsque tu es à Paris. N'oublie pas que tes soirées parisiennes me sont toutes réservées! C'est déjà bien assez pénible pour moi quand tu me quittes pour tes voyages à l'étranger! »
— Ensuite?
— Nous avons été nous coucher.
— Rien de plus?
— Celsa s'est endormie presque aussitôt.
— Et toi?
— J'avoue avoir eu du mal à y parvenir. Ce que tu venais de me dire pendant le dîner m'avait inquiété.
— Es-tu bien sûr qu'il n'y avait pas à ce moment quelqu'un d'autre dans l'appartement?
— Absolument personne! J'en suis d'autant plus

191

certain que tous les soirs – c'est chez moi une vieille habitude – je fais le tour des lieux avant de rejoindre la chambre à coucher.

– Pourquoi? Craindrais-tu quelque chose?

– Même pas! Je te le répète : c'est une vieille habitude que j'avais déjà en Sologne quand j'habitais à *La Sablière*. Je me souviens que mon père se moquait de moi en me demandant si je recherchais des fantômes! Hier soir j'ai fini par m'endormir en me disant que, décidément, ton système de voyance n'était pas encore tout à fait au point!

– Tu as eu tort, Marc. Je te jure que j'ai vu!

– Quoi exactement?

– C'est difficile à dire...

– Eh bien, pour une fois c'est moi qui vais t'aider... Ce matin, en me réveillant, alors que Celsa dormait encore, j'ai pensé tout autrement qu'hier soir... Chaque matin – une autre de mes vieilles habitudes – mon premier geste est de me rendre d'abord dans la bibliothèque où, derrière un panneau sur lequel sont alignés des bouquins, se trouve un petit coffre-fort. Je fais fonctionner la combinaison et je l'ouvre chaque fois pour voir si tout y est bien en place.

– Mais qu'est-ce que tu gardes donc de si précieux dans ce coffre?

– Des vieux papiers de famille dont le seul véritable intérêt est de représenter pour moi des souvenirs du passé... Ceci ajouté à une liasse de billets que je conserve là pour le cas où j'aurais un besoin urgent d'argent sans être obligé d'aller à la banque.

– Tout était en place dans le coffre?

– Nous y voilà! Après tout, c'est peut-être cela que tu as vu dans ta fameuse voyance? Tout était rigoureusement à sa place à l'exception cependant d'une chose...

— Quelle chose?

— Un document glissé dans une chemise et qui, au lieu de se trouver à la cinquième place sur la pile, se trouvait à la sixième...

— Ces documents sont numérotés?

— Non mais je connais par cœur la place exacte de chacun d'eux à force de les surveiller tous les jours.

— Et qu'est-ce qu'il y a dans ces documents?

— Des plans...

— Secrets?

— Même ultra-secrets puisque je suis actuellement le seul homme à posséder ces doubles. Les plans originaux sont ailleurs pour le cas où il y aurait une fuite...

— Ils se trouvent dans une autre cachette?

— Ils sont dans les archives encore plus secrètes des chefs du service dont je ne suis que l'un des rouages.

— Ton organisation de tueurs?

— Si ça te fait plaisir de l'appeler ainsi... Mais ceux-là n'ont certainement pas bougé! Ils se trouvent dans le même ordre et sur une pile similaire à la mienne en un lieu que personne, en dehors de notre grand patron, ne connaît, ce qui veut dire que jamais le cinquième ne se trouvera brusquement au-dessous du sixième! Tu me suis?

— A peu près...

— Interversion indiquant sans aucun doute possible que les documents se trouvant sur « ma » pile ont été consultés par une autre personne qui, son travail accompli, les a remis en place dans mon coffre avant de le refermer et de brouiller la combinaison, en commettant toutefois une seule erreur, mais qui est d'importance pour quelqu'un d'aussi averti que moi... Le cinquième a pris la place du sixième et vice versa! En résumé, le nombre total de « mes » doubles – onze exactement – y est mais pas dans l'ordre habituel alors qu'hier matin, quand j'avais procédé à la même petite vérification, rien n'avait bougé! Qu'est-ce que tu en conclus, toi, la voyante?

– Sans utiliser mes dons, j'en déduis que, si l'on a pu prendre connaissance de ces documents et les remettre ensuite dans ton coffre avant de le refermer, on a obligatoirement commencé par l'ouvrir!

– Logique infaillible! C'est pourquoi la question primordiale se pose : qui a fait cela?

Il y eut un silence avant qu'il ne reprenne :

– Aurais-tu une idée, toi, ma seule confidente?

Elle ne répondit pas. Il poursuivit :

– A l'exception de Celsa et de moi, il n'y a qu'une seule personne qui ait la possibilité de déambuler dans mon appartement pour les besoins de son service : ma bonne portugaise... Mais elle est tellement bête et ignare que cela me paraît plus qu'improbable! Et je ne la vois pas très bien sachant manipuler la combinaison d'un coffre dont, en plus, elle ne connaît même pas l'existence cachée derrière un panneau de bibliothèque où elle n'a rien à faire et dont elle ignore presque certainement le maniement du mécanisme, secret lui aussi, qui permet à ce panneau de s'ouvrir pour découvrir le coffre! Enfin elle est depuis cinq ans à mon service et son honnêteté n'a jamais été prise en défaut sur le moindre détail domestique.

– Puis-je poser une question?

– Je t'en prie!

— Ta femme connaît-elle l'existence du coffre?
— Evidemment! Pourquoi la lui aurais-je cachée? Et en quoi pourrait-il l'intéresser puisque je lui ai dit qu'il ne contenait que de vieux papiers de famille, un peu d'argent liquide et absolument aucun bijou! Je lui en ai offert assez pour qu'elle ne cherche pas à s'en approprier d'autres à mon insu! Chaque fois qu'elle m'a demandé quelque chose de ce genre, j'ai fait le maximum pour qu'elle l'ait...
— Connaît-elle la combinaison du coffre?
— Ça m'étonnerait : je ne la lui ai jamais expliquée et elle n'a jamais manifesté le désir de la voir fonctionner. Et à quoi cela lui servirait-il? Les papiers de famille, elle s'en fiche! Quant aux billets de banque de secours, qui d'ailleurs n'ont pas bougé de leur place — je les ai vérifiés et soigneusement recomptés ce matin après ma première découverte — que voudrais-tu qu'elle en fasse? Depuis notre mariage elle n'a plus jamais manqué de rien!
— Et... les documents?
— Elle ne sait même pas qu'ils y sont! Je ne les ai déposés là qu'au retour de mon récent voyage qui remonte à trois semaines. J'avais reçu l'instruction de les conserver jour et nuit à portée de ma main pour le cas où je recevrais l'ordre impératif de repartir immédiatement en mission : ce qui peut arriver d'un jour à l'autre. Je t'avais d'ailleurs laissé entendre qu'il était possible que cela se produise...
— Je m'en souviens. Est-il arrivé que Celsa t'ait déjà vu, un jour où elle se serait trouvée avec toi dans la bibliothèque, manipuler le mécanisme?
— C'est possible... Peut-être même deux ou trois fois, mais il y a déjà longtemps alors que les documents ne s'y trouvaient pas encore. Donc elle ignorait leur présence.

— Et si quelqu'un lui avait dit récemment que ces documents avaient des chances de s'y trouver?

— Qui lui aurait dit cela?

— Pourquoi pas ce Van Klyten? Ce qui expliquerait la véritable raison pour laquelle elle le voit à ton insu et qui confirmerait ta propre impression qu'elle le rencontre pour un tout autre motif qu'une liaison amoureuse... Ce qui devrait plutôt te rassurer sur la solidité de ses sentiments à ton égard.

— Nadia, tu es terrible! Car c'est précisément ce que je me demande depuis ce matin!

— J'espère que tu ne lui as rien dit de ta découverte?

— Pas un mot! Après avoir refermé le coffre en prenant soin de ne pas modifier l'ordre des documents intervertis, je suis retourné dans sa chambre où elle dormait toujours. Elle ne s'est réveillée qu'une heure plus tard au moment où je lui ai dit que je partais pour le bureau et que je ne serais de retour que pour le dîner.

— Tu l'as embrassée avant de partir?

— Comme tous les matins avant de la quitter. Si je ne l'avais pas fait, fine comme elle l'est, elle aurait pu se douter qu'il y avait entre elle et moi quelque chose qui m'inquiétait et, cela, il ne le fallait pas! Je reconnais avoir dû faire un certain effort pour conserver mon calme et une sérénité apparente. Sinon elle aurait compris que j'avais découvert sa duplicité, car il n'y a qu'elle qui a pu consulter les documents...

— Je suis heureuse de te l'entendre dire et puisque tu viens une fois encore de mettre en doute mon pouvoir de voyance, je vais te révéler maintenant ce que j'ai vu hier soir pendant le dîner... Ainsi tu apprendras comment les choses se sont réellement passées pendant que tu n'étais pas chez toi mais avec moi... D'abord, la voyance m'a très bien fait voir le décor de ta bibliothèque où je n'ai pourtant jamais mis les pieds! Ensuite j'ai vu la table-bureau, la lampe à abat-jour posée dessus et les fauteuils qui lui font vis-à-vis... Ta femme, effectivement en déshabillé, se tenait penchée devant la porte ouverte du coffre-fort où elle a pris la pile de documents... Sais-tu ce qu'elle a fait ensuite? Contrairement à ce que tu penses, elle ne les a même pas regardés... Ces plans sans doute ne lui apportaient aucun élément qu'elle aurait pu transmettre oralement à d'autres... Elle les a posés l'un après l'autre sur le bureau et, un par un, elle les a photographiés avec un petit appareil minuscule. Tout cela s'est fait méthodiquement et sans hâte comme si elle était une vraie professionnelle. L'as-tu souvent vue prendre ainsi des photographies?

– Jamais! Elle n'avait même pas d'appareil et elle m'a toujours dit qu'elle avait horreur de cela!

– Il faut donc supposer que quelqu'un lui a prêté l'appareil?

– Van Klyten?

– Pourquoi pas? Dès que son travail a été terminé, elle a repris les documents qu'elle a remis en pile dans la chemise qui les contenait avant de replacer le tout dans le coffre à l'endroit où elle se trouvait. Ce dernier geste, je dois le dire, assez précipitamment... Peut-être a-t-elle entendu un bruit dans l'appartement qui lui a fait croire que tu rentrais? Sans doute fut-ce là sa seule erreur : comme les documents n'étaient pas numérotés elle en a placé un, le cinquième, au-dessous du sixième... Et elle a vite refermé la porte du coffre avant de brouiller la combinaison. Le tour était joué. Pour complément de précision je peux te signaler que j'ai très bien remarqué – ce qui m'a étonnée pour une femme en déshabillé – qu'elle a opéré les mains gantées : ceci pour éviter probablement qu'il y ait la moindre trace de ses empreintes sur la porte ou la serrure du coffre... Après, elle a quitté la bibliothèque, peut-être pour aller dissimuler l'appareil photographique dans une cachette à elle. C'est à ce moment que la vision s'est brouillée et que je n'ai plus rien vu. La suite, tu la connais : quand tu es entré dans la bibliothèque, tu y as trouvé ta femme qui t'y attendait, lisant, tranquillement enfoncée dans l'un des fauteuils. Une Celsa qui a feint la surprise de l'épouse ravie de voir revenir son cher époux en lui disant : « Déjà toi, chéri ? » C'est tout, Marc... Et tu persistes à dire que je ne connais pas mon métier ?

Effondré, il la regarda un long moment avant de répondre sourdement :

– Ce doit être en effet ainsi que les choses se sont passées... C'est épouvantable ! Les conséquences peuvent être incalculables pour notre organisation. Mais peut-être me reste-t-il une dernière chance : c'est que l'appareil soit encore caché dans l'appartement ? Ne te serait-il pas possible de le savoir par l'un ou l'autre de tes procédés de voyance ?

– La recherche d'un objet sinon perdu, du moins caché ? Tu me demandes là un travail difficile que je n'ai pratiqué que bien rarement ! Je peux toujours essayer... Je pense que ce serait la boule de cristal qui risquerait de nous apporter le plus de renseignements. Ne parle pas pendant quelques instants et laisse-moi me concentrer...

Comme les autres fois, ne pouvant rien voir lui-même dans la boule, il la regardait opérer. Presque aussitôt elle vit Celsa qui se trouvait à nouveau dans le luxueux appartement du grand hôtel et dont le premier geste, après y être entrée, avait été de tendre à Van Klyten, qui lui aussi était debout, l'appareil photographique en disant :

– *Les photographies de la totalité de ce que vous vouliez avoir se trouvent dans cet appareil que je vous rends. Vous n'aurez qu'à les faire développer.*

– *J'avais la conviction, chère madame, que notre collaboration pourrait se révéler fructueuse...*

– *Fructueuse mais courte, car elle se limitera là! Je n'ai plus la moindre intention, et quels que soient vos appels à l'avenir, de vous revoir à moins que vous ne respectiez pas votre engagement et, dans ce cas, j'agirai tout autrement...*

– *Quel engagement ?*

– *Votre promesse formelle qu'en échange de la remise de ces photographies votre organisation ne s'attaquerait plus jamais à la vie de mon mari!*

– *Ceci à condition, bien entendu, que lui-même ne recommence pas à s'en prendre à l'un des nôtres ?*

– *J'ignore ce qu'il fera mais vous pouvez compter sur moi pour que je le mette sur ses gardes.*

– *Vous ne lui direz pas un seul mot de cette affaire : ce serait vous trahir vous-même à ses yeux.*

– *Pas si je lui avoue que je n'ai agi que pour le sauver depuis que je sais que vous le tenez pour responsable de la mort de mon premier mari... Crime que je lui pardonne, s'il en est vraiment l'auteur, parce qu'il m'a libérée d'un homme que j'exécrais!*

– *Je vous ai déjà fait comprendre que je m'en doutais... Mais, de toute façon, la parole de Van Klyten*

en vaut une autre : comme promis, nous ne ferons plus appel à vos services et ne nous occuperons plus de M. Davault, ayant tout lieu de penser que d'autres ne vont pas tarder à s'intéresser à vous deux.
– Quels autres ?
– Mais, chère madame, les patrons de l'organisation dont dépend Marc Davault! Un jour ou l'autre viendra, quand ces derniers auront réalisé que nous avons fait bon usage des documents que vous avez eu l'amabilité de nous communiquer, où ils rechercheront l'origine de ce transfert. Et, comme tout finit par se savoir dans notre métier grâce aux agents doubles, leur enquête aboutira à vous et, par voie de conséquence, à votre mari! Vous devez vous douter qu'à partir de l'instant où se fait ce genre de découverte, la vie des personnes suspectées ne vaut plus grand-chose... Alors mieux vaudrait peut-être pour vous prendre dès maintenant quelques précautions? Conseiller, par exemple, à votre époux de renoncer sans tarder à sa seconde activité et de continuer à se consacrer exclusivement au développement de la C.I.T.E.F... Pourquoi, par exemple, ne se ferait-il pas envoyer en votre charmante compagnie sous des climats plus lointains tels que ceux d'Amérique du Sud, d'Australie ou même d'Asie où il y a encore de nombreux débouchés pour un homme de sa valeur?
– Une telle suggestion implique que vous seriez très capable, quand vous aurez utilisé les documents, d'être le premier à faire contacter vos adversaires par un intermédiaire qui leur expliquera comment les choses se sont passées?
– Sans doute en serais-je capable mais je ne pense quand même pas être mis dans l'obligation de devoir aller jusqu'à une pareille extrémité... Il ne me reste plus, chère madame, qu'à vous remercier pour votre

diligence et à souhaiter que ce bonheur conjugal – pour le prolongement duquel vous venez d'accomplir, je suis le premier à le reconnaître, un exploit assez exceptionnel – soit complet... Oui, j'en arrive même à me demander s'il existe beaucoup d'épouses de par le monde qui seraient capables de faire preuve d'une telle détermination sans que leurs maris puissent se douter de quelque chose! M. Davault vous doit beaucoup... Vous êtes une femme exceptionnelle! C'est même presque dommage que vous ne fassiez pas partie vous-même d'un service secret... Mais qui sait? Peut-être qu'un jour viendra où vous y prendrez goût, vous aussi?

– Sachez que je ne viens d'agir que par amour : je veux conserver mon mari!

– Vous le méritez. Je pense superflu que nous nous serrions la main?

– C'est tout à fait inutile! Je ne serai jamais votre amie!

– Le regret sera pour moi...

Abandonnant la contemplation de la boule, Nadia avait relevé la tête.

– Alors, demanda anxieusement Marc, cet appareil, tu l'as repéré?

– Oui. Il est maintenant entre les mains de Van Klyten.

– Ce n'est pas possible! Elle a vraiment fait cela?

– Oui.

– Mais pourquoi? Pour me perdre?

– Peut-être cherche-t-elle à se venger de toi si elle sait que tu es responsable de la mort de son premier mari? Son comportement est machiavélique : elle sait très bien qu'un moment viendra où ceux qui t'utilisent te demanderont des explications sur cette affaire et où tu seras perdu. Ce seront eux qui te régleront ton compte.

— Et le sien?

— C'est moins certain si, l'aimant comme tu l'aimes, tu prends soin d'éviter de la mêler à l'affaire et surtout de mentionner son nom.

— Comment pourrais-je faire?

— Je ne sais pas... Serais-tu déjà prêt à endosser seul toute la responsabilité?

— Je l'aime et l'aimerai toujours!

— Tu es fou! Fou à lier et fou d'amour! Il y aurait peut-être un moyen pour l'innocenter si on t'interrogeait à son sujet? Ce serait de répondre qu'elle n'a agi ainsi que parce qu'elle aussi, t'aimant à la folie, s'est trouvée devant un Van Klyten qui lui a mis le marché en main : ou la menace de te faire exécuter, ou la remise des photographies. Et que, voulant te sauver à n'importe quel prix, elle a opté pour la seconde solution.

— Nadia chérie, tu es une fille extraordinaire! Et une amie comme il n'y en a pas! Oui, ce sera cela que je dirai : puisqu'elle n'a agi que par amour, elle est pardonnable! Que dois-je faire maintenant?

— Rentrer chez toi pour le dîner comme tu l'as annoncé ce matin à Celsa et continuer à ne lui parler de rien. De toute façon, ce ne peut pas être immédiatement que tes chefs s'apercevront que les documents dont tu avais la garde ont été photographiés. Cela ne viendra que plus tard quand les autres se serviront d'un pareil atout. Ça pourra demander quelques semaines, quelques mois même. D'ici là tu verras, tu trouveras peut-être une solution qui annulera les effets de cette fuite? Ce qui vous permettra de vous sortir tous les deux de ce mauvais pas.

— Je n'en vois qu'une : abattre tout de suite Van Klyten avant qu'il ne puisse transmettre les documents.

— Ce serait en effet une solution radicale. Malheureusement il n'est sûrement pas seul dans le coup... D'autres membres de son organisation sont au courant et savent, comme lui, que tu es l'assassin de Smitzberg! Alors? De plus, ça m'étonnerait que, se trouvant maintenant en possession de l'appareil, Van Klyten s'attarde longtemps à Paris! Il doit déjà être loin...

— Lui ou les photos, c'est certain. As-tu pu te rendre compte, au cours de cette dernière voyance, où il se trouvait?

— Absolument pas... C'était un appartement très confortable, bien aménagé mais assez impersonnel... Ça pouvait se passer dans une suite de grand hôtel comme il y en a beaucoup...

— Un grand hôtel? Et pourquoi ne serait-ce pas le *Crillon?* Dans le rapport de police privée, qui m'a été communiqué par l'agence quand j'ai fait filer Celsa, il a été spécifié qu'elle y avait rencontré le Hollandais... Passe-moi le téléphone... « Allô? Le *Crillon?*... Je voudrais parler à M. Van Klyten... »

— Marc, c'est dangereux ce que tu fais là...

— Tais-toi.

L'attente ne fut pas longue. Une voix neutre, provenant sans doute de la réception, répondit :

— Vous demandez M. Van Klyten? Il a quitté l'hôtel à 13 heures après avoir réglé sa note.

— Savez-vous pour quelle destination? J'ai un message urgent à lui transmettre.

— Veuillez patienter un instant. Nous vous mettons en communication avec le concierge.

Il y eut une nouvelle attente avant qu'une autre voix réponde :

— Ici le concierge. Vous demandez M. Van Klyten? Il n'est plus à l'hôtel.

— Je le sais. Pouvez-vous me dire si, avant de partir, il a fait réserver une place sur un avion ou dans un train?

— Non, monsieur... M. Van Klyten est parti en faisant simplement appeler un taxi et sans indiquer la moindre destination pour que nous fassions suivre son courrier éventuel.

— Merci.

En raccrochant, Marc dit:

— C'est fichu, Nadia!

— Mais pourquoi diable as-tu attendu jusqu'à 18 heures pour venir me voir? Si tu avais été ici ce matin de bonne heure, tu aurais encore pu agir et même arriver à temps au *Crillon* au moment du rendez-vous de ta femme avec Van Klyten! Cela aurait pu tout changer!

— Crois-tu? Qui aurais-je tué? Van Klyten? Celsa? Les deux peut-être? Tu vois d'ici le scandale que cela aurait fait dans le palace? Alors que c'est le type même d'affaire qui se règle en secret sans que personne ne soit mis au courant! On voit bien que tu ne connais rien au mécanisme de nos services! Et puis, si je ne suis pas venu te trouver plus tôt, c'est que j'avais quelque chose de beaucoup plus urgent à faire. Je n'ai même pas été de la journée à mon bureau.

— Quelle urgence?

— Ça ne te regarde pas. Bonsoir... Merci quand même pour ton aide qui m'a été précieuse.

Il partit en courant.

— Marc, où vas-tu ? Je t'en prie, ne commets pas de folie !

Il claqua la porte sans répondre. Nadia avait un étrange sourire, pensant que les événements se précipitaient. Marc, malgré ses protestations d'amour, n'attendrait plus très longtemps avant de se débarrasser de cette Celsa qui, elle aussi, l'avait trahi vis-à-vis de son organisation pour essayer de sauver son propre confort. Elle s'était conduite en sotte. Après, pour elle, Nadia, ce serait la victoire définitive. Désemparé, se retrouvant seul, Marc reviendrait à celle qui l'aimait vraiment.

Ce que Marc ne lui avait pas dit et que les règles absolues de son métier d'agent secret lui interdisaient de révéler même à sa plus grande confidente était qu'avant d'aller lui rendre visite il avait eu une conversation avec le chef de son organisation : un vieux cheval de retour, colonel en civil connaissant tous les dessous de l'espionnage et que ses subalternes avaient surnommé « le caïman ». Appellation familière dont il se réjouissait presque, estimant lui-même qu'elle lui convenait à merveille.

— Qu'est-ce qui vous arrive, Davault ?

— Quelque chose de terrible, patron.

Il avait raconté sa découverte de la matinée, sans cependant dire un mot de sa femme. Dès qu'il eut terminé, « le caïman » dit avec bonhomie :

— Vous savez, mon bon Davault, l'estime en laquelle je vous tiens. Vous nous avez déjà rendu d'appréciables services qui sont tout à votre honneur mais il y a quand même un point qu'il faut éclaircir une fois pour toutes entre nous et dont je ne vous ai jamais parlé jusqu'à ce jour parce que nous avons pour principe dans notre organisation de ne jamais nous mêler de la vie privée de ceux dont nous utilisons les services. Il s'agit de votre femme...

— Qu'a-t-elle à faire là-dedans?

— Tout à mon avis. Ce ne peut être qu'elle qui a joué le rôle d'intermédiaire. Quand vous l'avez épousée presque sur un coup de tête ou sur un coup de foudre – l'amour a toujours été une grande énigme – nous n'avons même pas eu le temps de vous faire la moindre objection. Avec le temps nous nous sommes rendu compte qu'heureusement votre épouse n'avait pas d'influence sur votre seconde activité. Je ne vous cache pas que nous l'avons fait surveiller, sans vous en parler, pendant les premières années de votre mariage. Il n'y a eu aucun reproche à lui faire. Ce qui nous a confirmé dans l'idée que vous aviez su rester assez maître de vous-même pour ne pas la mettre au courant de votre travail occulte. Ce dont je vous félicite. La meilleure preuve en est que vous n'avez pas hésité ce matin à venir me trouver pour me confier immédiatement qu'il s'était passé quelque chose d'anormal chez vous. Seulement voilà : comme tout est changé aujourd'hui, à la suite de votre déclaration, je suis contraint, à mon plus grand regret croyez-le, de vous confier ce qui m'inquiète depuis longtemps. Il est possible que « les amis » du premier mari de Mme Davault aient réussi à découvrir que vous étiez le responsable de la mort de Smitzberg et que, le sachant, ils aient pris des dispositions pour faire savoir à son ex-épouse que vous étiez ce meurtrier. Qu'est-ce qui a pu alors lui traverser l'esprit quand elle l'a su? Une soif de vengeance à votre égard? Ce n'est pas certain; nous avons tout lieu de croire qu'elle vous aime et que vous formez un couple très uni. Elle ne vous a jamais parlé de cette affaire?

– Jamais!

– Pas même une allusion?

– Aucune.

– Les femmes ont de ces réserves de duplicité... Mais admettons qu'en fin de compte elle ait réfléchi et se soit dit qu'un souci de justice aussi grave et aussi tardif n'arrangerait rien et risquerait de lui faire perdre l'homme qu'elle chérit maintenant. C'est là un comportement qui peut également s'expliquer chez une femme. Il ne resterait plus alors chez elle que la crainte d'une menace qu'ont su faire peser sur elle nos adversaires et qui se traduit par ce dilemme : ou la vie sauve pour l'homme qu'elle aime ou la communication des documents. Et, par crainte de vous perdre, elle leur a cédé. Hypothèse qui paraît être la plus plausible. Mais où cela devient sérieux, c'est qu'à nos yeux Mme Davault n'est plus qu'une espionne, ayant agi certes par amour, mais nous ayant fait du tort! Vous savez très bien que nous n'aimons pas du tout cela! Vous non plus d'ailleurs... C'est pourquoi il faut trouver de toute urgence une solution qui pallie les dégâts. En ce qui concerne la nature même des documents, ne vous alarmez pas trop! Nous avons heureusement pris la précaution de conserver ici les originaux. Ceux qui se trouvent dans votre coffre ne sont que des photocopies. Je vais immédiatement donner des ordres pour que les plans en notre possession soient modifiés d'une telle façon que ceux qui se trouvent maintenant aux mains de l'adversaire deviennent inutiles. Et nous laisserons les Allemands de l'Est s'embrouiller sur une fausse piste. Ils perdront beaucoup de temps, ce qui ne sera pas plus mal! Mais il est évident que, dès cette minute, vous pouvez vous considérer comme déchargé d'une telle affaire que nous confierons à quelqu'un d'autre qui n'aura pas commis l'imprudence d'épouser la veuve de l'un de leurs agents! Nous sommes d'accord?

– Je le comprends très bien. J'ai perdu, je paie... Mais ma femme, que va-t-elle devenir dans tout cela?

– C'est le point le plus délicat... Vous l'aimez toujours?

– Oui.

– J'en prends acte. Cela m'oblige à vous dire également que vous cessez d'appartenir à notre organisation. Nous pourrions agir plus sévèrement à votre égard mais, étant donné vos services passés, nous préférons faire preuve de clémence. Désormais, vous vous contenterez de continuer à travailler pour la C.I.T.E.F. en excellent ingénieur que vous êtes et nous ne parlerons plus de vous. Nous vous oublierons comme nous l'avons fait pour beaucoup d'autres qui sont rentrés dans l'anonymat de leur profession ou d'une retraite anticipée après nous avoir juré sur l'honneur qu'ils ne se souviendraient plus jamais – et ceci jusqu'à leur mort – de ce qu'ils avaient fait sous notre égide, ni des gens qu'ils avaient pu rencontrer au temps où ils étaient en activité. J'ai votre parole?

– Oui.

– Elle me suffit. Je sais que vous êtes un garçon loyal. Autrement dit, quand vous sortirez d'ici, vous ne m'aurez jamais rencontré, ni connu personne de nos services?

– C'est promis.

– Allez-vous-en. Je ne veux plus vous revoir!
– Mais pourtant?
– Il n'y a pas de pourtant!
– J'aurais pu vous rendre encore quelques services?
– Non, Davault. Vous êtes brûlé. Partez!
– Mais Celsa?
– Votre femme? Elle n'aura qu'à continuer à vivre avec vous. Elle vous aimera et vous la cajolerez... Il y aura entre vous deux un extraordinaire secret dont vous ne parlerez jamais et que l'un et l'autre vous saurez emporter, chacun de votre côté, un jour dans la tombe : celui d'une épouse qui a commis une folie pour essayer de sauvegarder l'homme de sa vie sans qu'il le sache... N'est-ce pas sublime? Je trouve qu'il y a même dans cette dualité du silence une sorte de grandeur antique! Avec le temps vous verrez que ça raffermira encore les liens qui vous unissent déjà depuis sept années...
– Je ne le pense pas. Il y aura toujours entre Celsa et moi une gêne atroce!
– Quelle gêne puisque votre femme ne se doutera jamais que vous, vous savez? Maintenant vous allez rentrer bien gentiment chez vous comme un bon mari que vous êtes. Allez donc au cinéma tous les deux : ça vous changera les idées. Et demain vous reprendrez le train-train de l'existence : les heures de bureau, les week-ends, l'amour. Je n'ai pas d'autre conseil à vous donner. Ah, si! De temps à autre, dans les premiers mois, il serait adroit que vous entrepreniez des voyages comme auparavant, afin de ne pas lui donner à penser que votre double vie a brusquement cessé du jour où elle s'y est immiscée. Et encore un conseil : laissez dans votre coffre

les photocopies des documents qui ne sont plus dangereux pour que votre épouse soit pleinement rassurée au cas où il lui prendrait l'envie de vérifier en cachette qu'ils s'y trouvent toujours... Et plus tard, beaucoup plus tard, vous les brûlerez à son insu. Ainsi, tout s'évaporera en fumée... Je peux compter également sur vous pour ce dernier travail?

— Ce sera fait. Mais Celsa n'aura jamais d'ennuis?

— Pas plus que vous si elle sait oublier... Oui, je devine votre pensée. Connaissant bien notre façon d'agir vous vous dites que nous n'aimons pas beaucoup, dans nos organisations, savoir que des étrangers ou des amateurs, n'ayant eu aucun contact direct avec nous, aient été mis au courant de certaines choses assez secrètes. Il arrive parfois aussi, même si ces gens-là ne sont pas tellement coupables, que nous estimions plus prudent de les supprimer par crainte qu'un jour ils se mêlent d'avoir des souvenirs passionnants à raconter, ne serait-ce que pour épater la galerie au cours d'une réunion mondaine... C'est bien cela, n'est-ce pas?

— J'ai un peu peur.

— Soyez tranquille. Mme Davault ne parlera pas. N'a-t-elle pas déjà prouvé qu'elle savait conserver un secret, même à l'égard de son cher époux? Au revoir, Davault, et soyez heureux!

Un mois s'écoula sans que Marc revînt voir Nadia ou lui donnât même signe de vie. Et cependant, l'ayant appelé presque tous les jours à la C.I.T.E.F., elle savait qu'il était toujours à Paris mais, chaque fois, la même réponse lui avait été faite par la standardiste :

– Vous demandez M. Davault? Il est actuellement en réunion et a donné l'ordre qu'on ne le dérange sous aucun prétexte. Laissez votre nom et votre numéro de téléphone. On vous rappellera.

Il n'avait jamais rappelé. L'esprit de Nadia était à la torture. Que pouvait-il bien faire? Quelle erreur avait-elle donc commise pour qu'il la laisse ainsi dans l'incertitude? Ce qu'elle lui avait laissé entendre sur Celsa au cours de leur dernière entrevue l'avait peut-être blessé? Pourtant elle n'avait dit que le minimum de ce qu'elle avait vu dans ses voyances. Bien sûr, il y avait aussi ce qu'elle avait inventé pour favoriser son plan, mais Marc, aveuglé maintenant par la confiance qu'il avait en elle, n'avait certainement pas pu déceler le vrai du faux! Elle s'y était prise avec une telle habileté! Quand il était parti la dernière fois du cabinet, avait-ce été pour avoir une explication avec sa femme? Explication qui s'était peut-être retournée contre elle, Nadia, tellement l'Algérienne était rusée et savait jouer les épouses amoureuses? Silence voulu qui arrivait juste au moment où elle sentait que la victoire était toute proche pour elle, Nadia...

Et si l'affaire des documents s'était arrangée? Ce serait alors le désastre pour Nadia! L'épouse ne serait plus impliquée et ce serait elle qui triompherait, continuant à imposer sa superbe et son élégance, éblouissant encore davantage Marc!

Comme toujours, Véra n'osait pas poser trop de questions. Un soir cependant elle se risqua à dire pendant le dîner :

– Je ne voudrais pas te paraître me mêler de ce qui ne me regarde pas mais je crois de mon devoir de te répéter ce que j'ai entendu hier dans le vestibule. Deux de tes clientes les plus assidues

parlaient entre elles. Sais-tu ce qu'elles disaient? Qu'elles te trouvaient bizarre depuis quelque temps et que tu ne t'intéressais plus tellement aux cas qu'elles te soumettaient alors que tu le faisais si bien avant! Il y en a même une qui a ajouté : « C'est la dernière fois que je viens la consulter. Si ça ne va pas mieux aujourd'hui je ne viendrai plus et j'irai trouver une autre voyante qui est, paraît-il, extraordinaire et dont une amie m'a communiqué l'adresse. Aimeriez-vous que je vous la donne? »
– Qu'a répondu l'autre?
– « Volontiers ». C'est grave, chérie!
– Tant mieux, ça m'en fera deux de moins! Je ne peux plus les voir, toutes ces bonnes femmes avec leurs problèmes de cœur qui n'offrent pas le moindre intérêt. Si ce genre de clientèle continue, je fermerai pour de bon.
– Je sais que tu as maintenant assez d'argent devant toi, mais qu'est-ce que tu feras?
– Je me retirerai définitivement au *Vieux Manoir* où je peindrai et où j'aurai tout le loisir de réfléchir sur la façon dont j'ai gâché ma vie.
– Tu es folle, Nadia! A ton âge une vie n'est pas gâchée! Tu devrais te dire au contraire qu'avant même d'atteindre la trentaine tu as connu une existence remplie. Pourquoi ne pas envisager un voyage? Il y a tant de merveilles dans le monde...
– C'est là une idée que j'ai déjà eue. Mais si j'entreprenais ce voyage, ce ne serait pas du tout celui que tu imagines! Il me ferait tout oublier...

Deux autres journées monotones et grises passèrent avant que la grand-mère n'entre dans le cabinet entre deux consultations pour demander :
– As-tu lu le journal de ce matin?
– Non. Qu'y a-t-il d'intéressant?

— Lis ce faire-part dans la rubrique nécrologique...

Le visage de Nadia devint blême dès qu'elle commença à lire. Quand elle eut fini elle releva lentement la tête et demeura muette un long moment, comme quelqu'un qui vient de recevoir un choc, avant de dire d'une voix blanche :

— Elle est morte? Ce n'est pas possible!

— Ça l'est puisque la date des obsèques est fixée après-demain à Saint-Ferdinand-des-Ternes. C'est Marc qui fait part du décès de son épouse et tu as bien lu ce qui est imprimé : *morte accidentellement le 19 mai*. Ça s'est donc passé il y a trois jours...

— Renvoie les clients qui attendent. J'ai besoin de réfléchir.

— Encore renvoyer les clients? Ça va faire le plus mauvais effet... Et enfin ce n'est pas un deuil pour toi : tu n'avais pas la moindre parenté avec cette femme que tu détestais!

— Je commence à l'apprécier parce qu'elle a su partir à temps!

— Ce que tu viens de dire est très vilain! Elle ne t'a fait aucun mal.

— C'est ton point de vue, pas le mien. Maintenant laisse-moi!

Elle prit le téléphone pour appeler la C.I.T.E.F.

— Je voudrais parler à M. Davault.

— Nous regrettons, madame, mais étant donné le grand deuil qui le frappe, M. Davault ne reviendra pas ici avant quelques jours.

— Je suis l'une de ses amies personnelles. Je viens de lire le faire-part dans un journal et c'était justement pour lui adresser mes condoléances.

— Il serait préférable de lui écrire à son domicile personnel.

— Merci pour le conseil.

213

Elle raccrocha. Pourquoi, après tout, ne pas l'appeler directement chez lui maintenant que sa femme n'y était plus? Elle forma le numéro. Ce fut un répondeur automatique qui parla d'une voix volontairement impersonnelle mais qu'elle reconnut comme étant celle de Marc : « Si vous avez une communication à faire à M. Davault, veuillez avoir l'obligeance de parler au signal. Vous avez une minute. » Elle parla aussitôt : « Marc, je pense à toi dans ton malheur. Je sais que c'est très déplacé de te dire cela en ce moment mais tant pis! Je t'aime toujours! Nadia. » Ce fut tout. Venait-elle de commettre une nouvelle erreur? Elle ne savait plus.

Il n'y avait pas grand monde à l'église. C'était à se demander si Marc avait présenté sa femme à beaucoup d'amis ou de connaissances du temps de son vivant. Les parents de Marc n'étaient même pas présents comme s'ils se souciaient peu de la disparition de cette belle-fille qu'ils n'avaient pas aimée, eux non plus. Il n'y avait pas un seul membre de ce qui avait été la bande des skieurs de Montgenèvre. Mais parmi l'assistance clairsemée, dont la plus grande partie devait être constituée par des collaborateurs ou des employés de la C.I.T.E.F., se trouvaient deux personnes très différentes qui, d'ailleurs, ne se connaissaient pas : « le caïman » et Nadia. Un « caïman » qui, à l'issue de la cérémonie, passa devant Marc en lui serrant la main sans rien lui dire et Nadia qui clôturait le défilé... Une Nadia très pâle qui murmura :

— Veux-tu que je t'accompagne jusqu'au cimetière?

— C'est très gentil de ta part mais ce n'est pas la

peine. Selon un désir qu'elle m'avait exprimé il y a déjà deux ans, Celsa va être incinérée. Je préfère être seul.

— Je te comprends. Mais, quand ce sera terminé, viens me voir : je t'attends à la maison. Tu ne peux pas rester complètement seul un jour pareil! Tu sais que je suis ta plus grande amie.

— Je le sais. Peut-être viendrai-je.

Lorsqu'elle rentra chez elle, Véra demanda :
— Comment ça s'est passé?
— Comme toujours dans ce genre de cérémonie.
— Il y avait du monde?
— Presque personne.
— Pauvre Marc! Il ne méritait pas cela car il adorait sa femme.
— Beaucoup plus qu'elle ne l'aimait!
— Qu'est-ce que tu en sais?
— Il m'a dit qu'il viendrait peut-être me voir tout à l'heure.
— Déjà?
— Oh! Ce n'est pas ce que tu penses! Comprends-le : il se retrouve tout seul...
— C'est affreux!
— Je vais l'attendre dans mon cabinet. Si on sonne, c'est lui, puisque les clients savent que je ne donnerai aucune consultation aujourd'hui. Ne te dérange surtout pas : j'irai lui ouvrir.
— J'aurais pourtant voulu lui dire quelques mots.
— Que pourrais-tu dire? Ces mots ne serviraient à rien. Va-t'en, grand-mère. Nous nous reverrons plus tard.

Restée seule, elle attendit pendant plus de trois heures, assise et prostrée devant sa table de consultation où était posée, recouverte de son voile de soie, la boule de cristal. A un moment elle eut envie de soulever ce voile pour se concentrer dans une nouvelle voyance qui lui révélerait ce qui s'était passé. Mais à quoi bon? Que verrait-elle? Une mort brutale qu'elle n'avait pas prévue... Elle ne bougea pas, se posant mille questions sur la fin de sa rivale sans trouver de réponse. C'était comme si son pouvoir de divination était mort lui aussi.

Enfin la sonnerie de la porte retentit. Marc était sur le seuil.

– Viens vite! dit-elle. (Et elle l'entraîna dans le cabinet avant de continuer :) Veux-tu que j'aille chercher une boisson qui te réconfortera? Tu es dans un tel état, mon chéri!

– Je ne veux rien.

– Marc, je sais bien que toutes les paroles que je pourrais dire seraient inutiles. Mais je voudrais pouvoir te consoler si c'était en mon pouvoir.

– Personne et même pas toi ne pourra me faire oublier Celsa. Je l'adorais... Si je suis venu ce soir, c'est uniquement pour te dire adieu. Je vais partir.

– Partir? Pour où?

– Je ne sais pas... Pour n'importe où! J'abandonne tout.

– Je comprends ton chagrin mais moi, ta confidente, je te dis que tu n'as pas le droit d'agir ainsi! Tu es un homme intelligent, brillant, nécessaire...

– Je ne suis plus qu'un homme fini qui a perdu son seul amour et la confiance que d'autres avaient en lui.

– Moi, je continue à avoir confiance en toi! Je sais par ma propre expérience qu'il faut savoir laisser passer le temps qui apporte toujours sa patine sur les plus grandes douleurs. Je te sais aussi très fort! Tu peux même te montrer cruel sans t'en rendre compte parce que tu es imprégné d'un idéal qui te fait croire qu'une certaine forme de courage passe avant tout! C'est pourquoi également je t'admire malgré le côté parfois odieux de ton comportement... Je sais aussi que je suis la seule personne au monde qui puisse t'aider à surmonter tout cela et à remonter la pente. Veux-tu que je t'aide? A nous deux nous serions invincibles! On ne pourrait plus nous faire de mal! Si tu l'exiges, je suis prête à abandonner dès cet instant mon métier qui t'a peut-être aidé mais qu'au fond tu détestes et je ne m'occuperai plus que de toi, mon amour...

— Tais-toi! Plus jamais ce mot-là! D'ailleurs il a toujours été déplacé entre nous.

— Oh! Marc...

— Que tu m'aies aimé, que tu m'aimes encore, c'est possible, mais pour moi il n'y a toujours eu et il n'existera qu'une seule femme : la mienne!

— Pourtant, souviens-toi!

— Montgenèvre? Une bluette comme j'en ai connu beaucoup d'autres avant de rencontrer celle qu'il me fallait... Sais-tu comment elle est morte? De la même façon que son premier mari, Smitzberg! La même méthode : un boîtier de direction trafiqué! Comme pour lui, son *Austin* s'est écrasée contre un mur. Du travail de spécialiste comme le mien, il y a huit ans. Il n'y a pas de coupable officiel, on ne le retrouvera jamais mais ils l'ont quand même tuée!

— Qui cela?

— Tout de suite après l'accident, j'ai cru que c'était dû à Van Klyten et à sa bande mais, depuis,

j'ai réfléchi. Une phrase du « caïman » m'est revenue en mémoire...
- Qui est ce « caïman »?
- L'un des chefs de l'organisation dont je viens d'être radié. Tu ne le connais pas et tu ne le connaîtras jamais! C'est le type même de l'anonyme qui n'agit que dans l'ombre... Je l'avais vu, il y a un mois, l'après-midi même du jour où je t'ai rendu ma dernière visite. Et il a dit, au moment où nous nous quittions, ces mots qui résonneront toujours en moi : « *Nous n'aimons pas beaucoup, dans nos organisations, savoir que des étrangers ou des amateurs n'ayant eu aucun contact direct avec nous, aient été mis au courant de certaines choses assez secrètes. Il arrive parfois, même si ces gens-là ne sont pas tellement coupables, que nous estimions plus prudent de les supprimer par crainte qu'ils ne se mêlent un jour d'avoir des souvenirs passionnants à raconter, ne serait-ce que pour épater la galerie au cours d'une réunion mondaine...* » Oui, il a dit cela... Et lorsque j'ai rencontré tout à l'heure, pendant le défilé à l'église, son regard quand il m'a serré la main, j'ai compris que c'était son organisation à lui qui avait décidé de supprimer Celsa! Ils avaient peur qu'un jour elle ne finisse par dire la vérité. Encore heureux qu'ils ignorent ton existence, à toi qui en sais autant qu'elle – sinon plus! Mais rassure-toi et dors en paix : je ne leur ai rien dit!
- Ce sont des monstres!
- Ce sont des hommes, dont j'ai fait partie, qui n'agissent que pour cet idéal que tu m'as reproché. Je n'ai même pas le droit de leur en vouloir.
- Chéri, ton chagrin te fait perdre la raison!
- Et après? Cela ne vaudrait-il pas mieux? C'est comme toi : tu m'as répété cent fois que tu étais ma

plus grande amie. Ce n'est pas vrai! Tu ne t'es servie de ton don démoniaque que pour essayer de troubler mon esprit et de me détacher sournoisement de la merveilleuse image que je m'étais faite et que je conserverai toujours de mon épouse! Ceci pour m'avoir complètement à ta merci le jour où elle ne serait plus dans ma vie... Aujourd'hui elle n'y est plus. Tu devrais donc être satisfaite. La façon même dont tu viens de me proposer de venir à mon aide le prouve! Toi aussi, Nadia, tu es un monstre à ta manière... Un monstre qui n'a agi que sous l'emprise d'un amour impossible et fou! C'est ta seule erreur, mais c'en est une... Aussi n'ai-je pas le droit de t'en vouloir plus qu'à ceux qui ont été mes chefs! Mais, de toute façon, tes manigances et tes savants calculs ont été voués à l'échec : Celsa est morte et je continue à l'aimer... C'était cela surtout que je voulais te dire avant de partir. Adieu! Profite quand même du dernier conseil que je te donne : ferme ta boutique! Elle est néfaste.

Comme après sa visite précédente, il sortit en claquant la porte. Mais cette fois, Nadia comprit qu'elle ne le reverrait plus.

Pétrifiée, elle était restée assise derrière sa table. Ce ne fut qu'au bout de quelques minutes qu'elle ouvrit le tiroir pour en extraire le jeu de cartes. Elle le battit, le coupa, le rebattit, le coupa à nouveau, le battit encore et le recoupa. Trois fois selon la règle de voyance. Puis elle étala le jeu. La dame de trèfle n'y était plus, ni la dame de cœur. Il ne restait que la femme dangereuse : la dame de pique. Elle recommença trois fois de suite encore la manipulation. A chaque étalement ce fut la même chose.

Affolée, elle rouvrit le tiroir pour y chercher les deux cartes manquantes : elles n'y étaient pas, ni sur le bureau, ni tombées sur la moquette. Elles s'étaient volatilisées.

Le jeu, tel qu'il se présentait sans les deux absentes, n'était plus du tout le même. Et brusquement elle réalisa que c'était elle-même, Nadia – la seule survivante des trois – qui était la dame de pique, la femme apportant le malheur... Les disparues, Béatrice et Celsa, avaient été respectivement la dame de trèfle et la dame de cœur. Dame de trèfle dont le passage dans l'existence de Marc avait été éphémère, dame de cœur qui avait aimé et aidé son époux jusque dans la mort. L'erreur de voyance avait pris naissance dès la première visite que lui avait faite l'Algérienne et qui n'avait plus cessé de se répéter comme si le destin voulait prouver à Nadia, persuadée que son pouvoir était plus fort que tout, qu'il existe des voyances qui se révèlent toujours fausses.

C'était aussi ce qui l'avait amenée à tricher à l'égard de l'homme qu'elle aimait. Si elle avait compris dès le début que c'était elle en réalité la dame de pique, elle ne se serait pas acharnée à vouloir s'approprier Marc puisqu'elle aurait tout de suite su qu'il ne pourrait jamais lui appartenir.

Elle ouvrit à nouveau le tiroir pour y prendre un comprimé qu'elle conserva dans la paume de sa main pendant que son regard toujours très doux errait une dernière fois sur la pièce où elle avait prodigué tant d'espoirs au cours des consultations, sur le siège réservé aux clients et qui était vide, sur la boule de cristal qui restait emmitouflée sous son voile, sur la porte par laquelle était entrée pendant des années la fortune avant que ce soir même ne s'enfuie l'amour... Puis, avec une sorte de sérénité, elle porta calmement le comprimé à sa bouche. Ce fut foudroyant. Le regard prit une fixité d'éternité alors que la tête et les boucles rousses se répandaient sur le jeu de cartes toujours étalé.

N'ayant trouvé aucun acquéreur pour ce cabinet de voyance où la mort venait de passer, la sage Véra fut contrainte de vendre l'appartement à bas prix avant de repartir, accompagnée de ses étranges souvenirs, vers la Sologne et le *Vieux Manoir*...

Littérature extrait du catalogue

Cette collection est d'abord marquée par sa diversité : classiques, grands romans contemporains ou même des livres d'auteurs réputés plus difficiles, comme Borges, Soupault. En fait, c'est tout le roman qui est proposé ici, Henri Troyat, Bernard Clavel, Guy des Cars, Frison-Roche, Djan mais aussi des écrivains étrangers tels que Colleen McCullough ou Konsalik.

Les classiques tels que Stendhal, Maupassant, Flaubert, Zola, Balzac, etc. sont publiés en texte intégral au prix le plus bas de toute l'édition. Chaque volume est complété par un cahier photos illustrant la biographie de l'auteur.

ADAMS Richard	Les garennes de Watership Down	2078/6*
ADLER Philippe	C'est peut-être ça l'amour	2284/3*
	Les amies de ma femme	2439/3*
AMADOU Jean	Heureux les convaincus	2110/3*
AMADOU J. et KANTOF A.	La belle anglaise	2684/4*
ANDREWS Virginia C.	Fleurs captives :	
	-Fleurs captives	1165/4*
	-Pétales au vent	1237/4*
	-Bouquet d'épines	1350/4*
	-Les racines du passé	1818/4*
	-Le jardin des ombres	2526/4*
	-Les enfants des collines	2727/5* (Fév. 90)
ANGER Henri	La mille et unième rue	2564/4*
APOLLINAIRE Guillaume	Les onze mille verges	704/1*
	Les exploits d'un jeune don Juan	875/1*
ARCHER Jeffrey	Kane et Abel	2109/6*
	Faut-il le dire à la Présidente ?	2376/4*
ARTUR José	Parlons de moi, y a que ça qui m'intéresse	2542/4*
ATWOOD Margaret	La servante écarlate	2781/4* (Avril 90)
AUEL Jean M.	Les chasseurs de mammouths	2213/5* et 2214/5*
AURIOL H. et NEVEU C.	Une histoire d'hommes / Paris-Dakar	2423/4*
AVRIL Nicole	Monsieur de Lyon	1049/3*
	La disgrâce	1344/3*
	Jeanne	1879/3*
	L'été de la Saint-Valentin	2038/2*
	La première alliance	2168/3*
	Sur la peau du Diable	2702/4*
AZNAVOUR-GARVARENTZ	Petit frère	2358/3*
BACH Richard	Jonathan Livingston le goéland	1562/1* Illustré
	Illusions / Le Messie récalcitrant	2111/2*
	Un pont sur l'infini	2270/4*
BALLARD J.G.	Le jour de la création	2792/4* (Mai 90)
BALZAC Honoré de	Le père Goriot	1988/2*
BARBER Noël	Tanamera	1804/4* & 1805/4*
BARRET André	La Cocagne	2682/6*
BATS Joël	Gardien de ma vie	2238/3* Illustré
BAUDELAIRE Charles	Les Fleurs du mal	1939/2*
BÉARN Myriam et Gaston de	L'Or de Brice Bartrès	2514/4*
	Gaston Phébus - Le lion des Pyrénées	2772/6* (Avril 90)
BEART Guy	L'espérance folle	2695/5*

Littérature

BEAULIEU PRESLEY Priscilla	*Elvis et moi* 2157/**4*** Illustré
BECKER Stephen	*Le bandit chinois* 2624/**5***
BELLONCI Maria	*Renaissance privée* 2637/**6*** Inédit
BENZONI Juliette	*Un aussi long chemin* 1872/**4***
	Le Gerfaut des Brumes :
	-Le Gerfaut 2206/**6***
	-Un collier pour le diable 2207/**6***
	-Le trésor 2208/**5***
	-Haute-Savane 2209/**5***
BERG Jean de	*L'image* 1686/**1***
BERTRAND Jacques A.	*Tristesse de la Balance...* 2711/**1***
BEYALA Calixthe	*C'est le soleil qui m'a brûlée* 2512/**2***
	Tu t'appeleras Tanga 2807/**3*** (Juin 90)
BINCHY Maeve	*Nos rêves de Castlebay* 2444/**6***
BISIAUX M. et JAJOLET C.	*Chat plume (60 écrivains...)* 2545/**5***
	Chat huppé (60 personnalités...) 2646/**6***
BLIER Bertrand	*Les valseuses* 543/**5***
BOMSEL Marie-Claude	*Pas si bêtes* 2331/**3*** Illustré
BORGES et BIOY CASARES	*Nouveaux contes de Bustos Domecq* 1908/**3***
BORY Jean-Louis	*Mon village à l'heure allemande* 81/**4*** (Mai 90)
BOULET Marc	*Dans la peau d'un Chinois* 2789/**3*** (Mai 90) Illustré
BOURGEADE Pierre	*Le lac d'Orta* 2410/**2***
BRADFORD Sarah	*Grace* 2002/**4***
BROCHIER Jean-Jacques	*Un cauchemar* 2046/**2***
	L'hallali 2541/**2***
BRUNELIN André	*Gabin* 2680/**5*** & 2681/**5*** Illustré
BURON Nicole de	*Vas-y maman* 1031/**2***
	Dix-jours-de-rêve 1481/**3***
	Qui c'est, ce garçon ? 2043/**3***
CARRERE Emmanuel	*Bravoure* 2729/**4*** (Fév. 90)
CARS Guy des	*La brute* 47/**3***
	Le château de la juive 97/**4***
	La tricheuse 125/**3***
	L'impure 173/**4***
	La corruptrice 229/**3***
	La demoiselle d'Opéra 246/**3***
	Les filles de joie 265/**3***
	La dame du cirque 295/**2***
	Cette étrange tendresse 303/**3***
	L'officier sans nom 331/**3***
	Les sept femmes 347/**4***
	La maudite 361/**3***
	L'habitude d'amour 376/**3***
	La révoltée 492/**4***
	Amour de ma vie 516/**3***
	La vipère 615/**4***
	L'entremetteuse 639/**4***
	Une certaine dame 696/**4***
	L'insolence de sa beauté 736/**3***
	Le donneur 809/**2***
	J'ose 858/**2***
	La justicière 1163/**2***
	La vie secrète de Dorothée Gindt 1236/**2***

Impression Brodard et Taupin
à La Flèche (Sarthe) le 11 janvier 1990
1078C-5 Dépôt légal janvier 1990
ISBN 2-277-21293-8
1er dépôt légal dans la collection : mars 1982
Imprimé en France
Editions J'ai lu
27, rue Cassette, 75006 Paris
diffusion France et étranger : Flammarion